BACCANO!
大騒動！
1931-Winter
the time of the oasis

成田良悟
Ryohgo Narita

Kadokawa Fantastic Novels

來，開始狩獵吧。

揮舞手中的刀刃，讓獵物一味地奔跑。
跑啊跑，跑啊跑，馬不停蹄地奔跑。
即便快要追到了也不要追上去。
就算快被逃掉了也不能就此放過。
跑啊跑，跑啊跑，披星戴月地奔跑。
當兔子累了的時候，就高高舉起手中的刀刃吧。
已經動彈不得的小兔子。
強大的是你。痛下殺手的是你。
需要的是勇氣與希望。
殺死疲憊不堪的兔子吧。

解決完兔子後輪到豬，
將豬斬首後接著是鹿，
最後等著的是人或鬼。
無論是大是小，
將大地的恩賜一一陳列出來。
然後勇敢地剁碎。
懷著感謝，展現貪婪。
來，開始狩獵吧。

軼事

１９２４年　芝加哥郊外　農村地區

「喂，涅伊達！快把農具收起來！快要下雨了！」

「知道了啦，爸爸。等一下嘛。」

聽了父親的話，名叫涅伊達的孩子這麼回答。

看起來還只有十多歲出頭的少年，抱著農具前往小倉庫。

但是，他在途中停下了腳步。

「啊……」

涅伊達看見比自己小幾歲的少女，和她的母親從離這兒不遠的房子走出來。

母親帶著和藹的微笑，牽著少女的手往森林走去。

少女則是露出天真無邪的笑容，背上揹著一個細長的布袋。

那件物品似乎相當沉重，長度也快要和少女一樣高，少女走得搖搖晃晃的，反而像是被那個布袋扛著走一般。

這時，少女注意到了涅伊達，轉過來向他揮了揮手。

「啊，是涅伊達。早安～」

涅伊達不由自主地舉起手回應少女，可是少女卻沒有朝他走來，就這麼被母親牽著離開了。

「啊……」

少年有些落寞地放下手。

他目送著青梅竹馬逐漸遠去的背影，直到忽然被父親用力拍了一下背，少年這才回過神來。

「哇啊！」

「喂，你在發什麼呆啊。」

「啊，抱、抱歉啦，爸爸。」

少年急忙重新拿起農具，一邊走向小倉庫一邊對父親問道：

「爸，我問你，索妮最近經常和她媽媽一起出門，她們是去哪裡啊？」

「……」

父親默默地繼續走，沒有回答。

直到走到小倉庫附近，他才終於對跟在自己身後且滿腹疑問的涅伊達開口：

「……勸你最好不要跟那家人扯上關係。」

「為什麼？」

「雖然對索妮很過意不去……不過那孩子的父母……那個……要怎麼說呢，之前還算挺正常的，可是最近就有點……」

父親含糊其辭地說道。

涅伊達聽了一頭霧水，就在他打算追問時，手臂傳來了冰冷的觸感。

「唔哇，下雨了。」

於是，他和父親一起跑向小倉庫。

涅伊達覺得那只是小事，所以後來，他沒有再過問有關少女父母的事情。

青梅竹馬的少女生活在何種環境中——少年直到很久以後才知曉。

⇔

一小時後

悶沉的槍聲響徹下著雨的森林深處。

渾身是泥的少女手裡握著的，是一把和少女很不相稱的長槍。

那把槍本身和她非常不搭調，實在很難想像一個孩子用那麼大一把槍射擊。
不知她究竟開了多少槍，只見落在槍管前端的雨滴蒸發，冒出硝煙似的薄薄霧氣。
「如何？索妮，在雨中射擊的感覺完全不一樣吧？」
大概是告一段落了吧，母親對取下耳塞的女兒問道。
結果，女兒一臉不滿地鼓起臉頰。
「唔～我好像完全沒打中。」
「沒關係啦，索妮。畢竟我沒有告訴妳訣竅，而且要怎麼射擊，也只要妳自己高興就好。不管有沒有打中都無所謂。」
女兒仍趴在地上，滿身是泥；母親則跪在她身邊，面帶微笑，溫柔地撫摸她小小的腦袋。
「妳是自由的。就算不去上學也沒關係喔。」
「所以，妳就繼續盡情地開槍吧。」

⇔

晚上　少女的家

「啊啊，索妮，妳身上好香，是硝煙的味道呢。」

她的父親也和母親一樣，不停輕撫著少女的頭。

少女喜孜孜地揚起嘴角，緊摟住躺在床上的父親手臂。

半睡半醒的父親與女兒交流。

就某種意義而言，那或許是一幅溫馨的景象。

如果父親全身沒有纏滿繃帶，從繃帶縫隙間露出無數彈痕的話。

倘若只有這樣，倒還可以解釋成是女兒在探望受傷的父親——

可是，床鋪周圍的牆壁掛滿了幾十把步槍和手槍，否定了那種可能性。

被槍枝圍繞的房間主人輕撫著女兒的臉頰，以溫柔父親的神情說道：

「索妮，開槍好玩嗎？」

「嗯！因為爸爸和媽媽都會稱讚我！」

「這樣啊。索妮真是好孩子。」

父親對愛女投以慈愛的目光，接著說：

「聽好了，索妮，妳可以不用去上學喔。不管是交朋友，還是談戀愛，那些也都可以等以後再說。」

滿懷著關愛，在女兒心中植入古怪的「信仰」。

「索妮，妳要好好珍惜槍。只要能夠開槍，人生就可以放心了。只要能夠開槍，遭壞人射擊時也可以反擊回去，痛苦的時候也可以用來自殺。世上值得信賴的，不是加法、減法、歷史、科學、聖經或法律，也不是爸爸和媽媽，而是槍啊，索妮。只要相信槍，妳的一生就幸福無憂。」

「嗯？我聽不懂。」

年幼的少女坦率地說出感想。

然而，父親卻再次撫摸女兒的頭，繼續以溫暖的語氣，說出不搭調的話來：

「就算什麼都不懂也沒關係喔，索妮。總之只要有槍就能放心了。爸爸和媽媽也是因為有了槍，所以過得非常幸福。」

「索妮，妳記好了，槍是我們的神喔。」

⇔

名叫涅伊達的少年並不知道。

不知道連學校也不去的青梅竹馬少女，是在何種「詛咒」之下長大的。

離開村子，和少女分別的少年是在很久以後，才得知那件事。

１９３５年。

長大成人的少年和少女，因為發生在紐約的某起事件而再度重逢。

但其實兩人在那之前，已經一度「擦肩而過」。

這則故事是關於那名少女涉入了某起事件。

隔著飛翔禁酒坊號這輛列車，處在和少年非常接近的地方——

那起事件堪稱是將少女捲入巨大命運漩渦的開端。

只不過，被捲入那道漩渦的，絕非只有少女一人。

序章

序章1　兔籠

1931年　紐瓦克郊外

森林豪宅裡的王子殿下。

那是住在周圍的孩子們對「少年」的評價。

獲得既可以是讚美，也可以是強烈挖苦的評價，那名少年——實際上的確是掌權者的直系血親，也的確是有資格被世人喚作王子的人物。

只不過——那卻是絕對不會拋頭露面的掌權者。

不自由的地方只有一個。

那就是加諸在少年世界中的規則。

想要什麼都能得到的環境。

儘管祖父重視禮儀，有著性情嚴厲的一面——但是父母十分寵愛少年，舉凡一般人所能擁有的東西，只要少年想要，都會二話不說地買給他。

可是，少年並不滿足。

滿足於觸手可及的「自由」，想必會變得嬌生慣養且極度任性——可是少年的任性卻只有一個。他滿腦子就只有那個願望，根本無暇任性地過活。

獨自外出。

即使只有區區幾百公尺的範圍也好。

想要按照自己的意思，獨自一人到家門外散步。

只不過是這麼一件小事，少年卻絕對不被允許那麼做。

無論他再怎麼渴望，少年始終都是籠中鳥。

他並沒有遭到監禁。父母對少年百般寵愛——

因為被深愛著，所以他沒辦法獨處。

在許多人的圍繞下——少年因為追求孤獨，而被內心的孤獨所囚禁。

在他本人毫不知情間，少年的心變得悶悶不樂。

父母其實也很清楚少年心裡應該有著那樣的煩惱——但儘管如此，他們還是不會讓少年單獨一人。

其中的原因——

說到底，都是出於少年是掌權者的直系血親。

卡爾崔里歐·魯諾拉達。

通稱卡崔。

魯諾拉達家族。

那是少年被賦予的名字——同時，那個名字也決定了少年的「地位」。

將據點設立在紐瓦克的黑手黨，以首領巴爾托羅·魯諾拉達為首，若將基層成員也算在內，據說是隨隨便便就超過千人的巨大組織。

沒錯——確實存在於該處，卻絕對不會在光天化日下行使的「權力」。

魯諾拉達這個名字，是證明身為該權力一部分的單詞。

禁酒令時代。

後人若是回顧這個時代，想必多半會以這樣的名稱形容吧。

秉持「酒違反道德」這種理念的團體，以及牽制釀酒國家的德國等等，他們希望推行那條法律的理由形形色色。高貴的理想與勾心鬥角的政治盤根錯結，使得這個國家在歷史上一時成為了「無酒社會」。

然而那條法律最後帶給社會的，卻是更加深沉的悖德，還有以悖德為養分開始茁壯成長的龐大力量。

禁酒令這道枷鎖，讓以往不過是平凡嗜好品的酒精，有了等同於寶石的價值。

一如字面所形容的「禁忌美酒」。

酒豪們自然不必說，就連以前不喝酒的人們也被拉進那份悖德感和周圍的巨大潮流之中，開始爭先恐後地流連於地下酒吧。

禁酒令制定目的，原本應該是要減少酒醉者所引發的犯罪，但是實行之後，卻將本來純潔無瑕的市民也變成了罪犯，結果實在令人感到諷刺。

不僅如此，彷彿要落井下石一般，經濟大蕭條侵襲了美國，席捲社會的強烈不安又更逼得人們朝酒精奔去。

可是——在那些非法酒吧大放異彩的同時，有能力擊退恐慌的「主角」們也在其背後逐漸茁壯。他們是被世人統稱為「黑手黨」的存在，幫派們不只是鑽法律漏洞，甚至還明目張膽地知法犯法，將販售私釀酒當成踏板，大舉擴張勢力。

換句話說，政府所實施的「禁酒令」政策，反而讓身為法律之敵的他們，找到了在社會上大肆發展的絕佳溫床。

他們時而暴力、時而紳士、時而巧舌如簧地行使那份力量。

禁酒令是這個時代的枷鎖，孕育出橫行於社會陰暗面的眾多力量。

而那份力量的其中一角——正是少年出生的，名為魯諾拉達的這個「家」。

在美國東部瞬間擴展勢力範圍，將禁酒令當成踏板，穩固紮根的巨大組織。

自己處在黑手黨這個特殊環境一事，今年才剛滿九歲的少年也稍微能夠理解。

可是對於卡崔來說，那種事情根本一點都無所謂。

他甚至無法去學校上課，而是由家庭老師傳授他知識。

不過，每當家裡舉辦大型派對，附近的人們總會齊聚一堂，家中充滿了書中或收音機裡所描述的「慶典」氣氛。

卡崔會在派對上遇見其他孩子們——可是孩子們卻只是聽從父母的話，跟卡崔打打招呼而已，他們的眼神像在看不同於自己的其他生物一般。

實際上，看在附近孩子們的眼裡，卡崔是王子。

不來上學，卻也不是因為家境貧困的關係，而且說起話來比其他孩子還有條理，知識量也比別人多上一倍。

在孩子們看來，他無疑是應該被稱為「王子殿下」的人物。

平常被吩咐不可以接近的，魯諾拉達家族的巨大宅邸。

在那裡舉辦的派對上，自己的父母都對宅邸的居民們畢恭畢敬。

森林中的城堡。

在學校不曾見過的高貴孩子。

他看起來簡直有如童話故事中的角色，因此有的孩子帶著嫉妒地喚他「王子殿下」，有的孩子則滿懷憧憬地喊他「王子殿下」。

但是無論如何，他們在下次派對到來之前都不會見到少年，即使想要主動去見他也會被父母嚴厲阻止，漸漸地，他們連「王子殿下」的長相也忘了。

那種情形不知持續了多少年，卡崔心中的渴望日益增強。

在家庭老師的指導下，他擁有比同齡孩子還要豐富的知識，而且精神年齡也略為成熟——然而一個還未滿十歲的幼小少年，依舊無法清楚地說出心中的不滿——只能任憑「想要去外面」的渴望充斥著內心。

豪宅的廣大庭院中甚至還有噴水池，在這裡同住的不只卡崔的祖父和雙親，還有各式各樣的人。

以卡崔的祖父巴爾托羅・魯諾拉達為首，他的孩子們及其家人也都住在這個家裡——可是卻見不到和卡崔同齡的少年少女。

他的母親是巴爾托羅的長女，而卡崔的堂兄弟姊妹現在還是無法和他聊天的年幼孩子，卡崔雖然也會照顧他們、和他們玩耍，但那種感覺和他渴望的朋友相差甚遠。

況且，即便家裡面有朋友，無法外出這件事情還是沒有改變。

就算說想要去散步，也總會有人跟在一旁保護著。

只要稍微放眼望去，就能看見好幾個護衛遠遠地包圍著自己——在那種情況下散步，對少年來說一點都不舒服，不管身在何處都受人監視的閉塞感，更是「不斷」強力壓迫著他依舊稚嫩的精神。

於是——他爆發了。

⇔

1931年　12月30日　白天　紐瓦克州某處

「唔……啊……呼啊……」

小小身影正氣喘吁吁地奔跑著。

弄髒一身講究衣著的少年——卡崔跳進樹叢中，用兩手捂住嘴巴，強制調整自己紊亂的呼吸。

「找到了嗎？」「沒有。」「這邊也沒有。」

「他到底跑去哪裡了？」「該不會是甘德魯……」

「不，他好像是自己跑出去的。」「為什麼要那樣做？」

「太愚蠢了！」「不管怎樣，總之先跟老大報告——」

來自遠處的喧嚷聲徐徐接近，經過少年躲藏的樹叢旁邊，而後離去。

距今約莫十分鐘前，少年將以前就開始偷偷製作的繩梯掛在窗戶上，在大白天上演了一齣逃脫劇。

卡崔謹慎地直接進入樹叢，屏著氣息緩緩移動。

這時，再次聽見群眾的說話聲接近，少年全身再度僵硬。

「這下事情大條了。」「快去開車。」

「等等。」

「對外聯絡吧。」

「事情要是鬧大了就不妙了。」

「有什麼好不妙的！現在情況就已經夠慘了！不只是少爺！我們也一樣！」

「動作快，我們一定要找到他。」

「老大還沒來嗎？」

「就算是離家出走，也絕對不能讓外人知道這件事……」

儘管對拚命尋找自己的聲音深感罪惡，卡崔依然沒有改變心意。

——去外面。

——我要到外面去。

卡崔躲在樹叢內小心翼翼地窺視周圍，慢慢地離開宅邸。

——怦咚——

少年感覺到自己的心臟在高聲跳動。

自由、自由、自由！

少年在心中不停地呼喊。

即使是再怎麼奢華的豪宅，倘若不能出去外面，就跟飼養兔子的籠舍沒有兩樣。

一次就好，少年這麼祈求。

世上最奢華的兔籠。他不去思考如果離開那裡，自己也許會餓死。

他無暇思考，也沒有那個餘裕。

之前以散步的名義走過好幾次的道路與景色，此時看起來竟截然不同，這讓少年不禁滿心歡喜。

其實景色並無不同，但以前的他眼裡沒有風景，只是把注意力放在周圍的人們身上，所以會有這種感覺也是理所當然的——不過還只是個孩子的卡崔沒有餘裕思考這一點，僅僅是沉醉在看似不同的景色。

少年轉身望向背後，確認沒有看見宅邸的男人們的身影——

然後，以最快速度沿著樹林中的獸徑狂奔。

跑、跑、跑。

快跑快跑快跑快跑，他在心中不停地對自己吶喊。

沒有考慮接下來的事情。

如果有貨車經過，就悄悄地躲在車斗上到遠方去吧。

一邊心不在焉地那麼想，少年持續在樹林中奔跑。

沒有考慮自己還能不能回來。

他的雙眼就只看得見前方。

相信在樹林另一頭的光明道路上，一定會有美好的事物在等著自己——

少年一味地向前奔跑。

然後，當他穿越樹林之後，眼前確實出現了美好的東西。那是一輛停在路旁，有棚架的小型貨車。

少年望向背後，確認自己還沒有被宅邸的人發現——

「抱歉打擾了。」

他小聲地嘀咕一句，便悄悄爬上貨車的車斗。

到頭來，少年在本質上還是不了解自己是什麼樣的身分。

不了解自己這個人在世界上有何種價值——以及那份價值，會讓自己的性命陷入何等危險的處境中。

身為魯諾拉達的親孫子，卡崔就算在幾十年後，成為扛起這個巨大家族的角色也不奇怪。應該說，他在同輩分的孩子之中，最有可能成為繼承人。

即便撇除這一點——對與魯諾拉達家族敵對的人們而言，巴爾托羅的家人也將成為最有利的交易「工具」。

卡崔渾然不知自己的腦袋多有價值——

少年離開過於寬敞的兔籠，懷著希望奔向外面的世界（牢籠之外）。

序章2　消失兔

同一時刻　紐瓦克郊外

「所以，那樣真的會成功嗎？」

「就說沒問題了！我的字典裡沒有失敗這兩個字啦！」

「妳就是因為沒有失敗這兩個字，才會不管失敗多少次都不知反省吧。」

「啥……喂……妳這傢伙！」

「不要吵架啦～」

喀噠叩咚喀噠叩咚！喀噠叩咚！叩咚！

一邊發出那樣的聲響，一輛搭載破舊引擎及棚架的貨車行駛在野外道路上。

在紐瓦克的森林裡，那輛車行駛在勉強可供一輛車通過的道路上，車上三名女性正吵吵鬧鬧地交談。

前座有兩個人，剩下一人則是從車斗把頭探到前面。

坐在駕駛座上的是年紀約二十歲的女性，她晃動著綁成馬尾的頭髮，邊打呵欠邊對副駕駛座上的女子問道：

「所以，拉娜，那樣真的會成功嗎？」

聽見和剛才相同的問題，副駕駛座上的女子氣到太陽穴抽搐，怒聲反問：

「咦？喂，妳為什麼要再問一遍？妳說啊，妳為什麼要再問一遍？」

被喚作拉娜的她，是一名年紀看似二十出頭的女性，藏在眼鏡下的目光十分銳利。不過，也有可能只是銳利的眼神讓她看起來比較年長，實際上和駕駛座上的女子年齡相仿就是了。

「沒有為什麼。我只是想在妳那本沒有失敗二字的殘缺字典裡，幫忙補上失敗這個詞而已。」

「喂！潘蜜拉，妳這是什麼意思？什麼叫做殘缺？」

「哎呀，居然連殘缺這兩個字也沒有……真是的，虧妳還戴了眼鏡，腦袋怎麼會這麼差呢。這根本就是詐欺嘛。」

馬尾女子——潘蜜拉一臉不可置信地嘆了口氣，並且用憐憫的目光瞥了拉娜一眼。

另一方面，拉娜則是火氣愈來愈大，她緊握著拳頭，歇斯底里地大喊：

「我說的又不是那個意思！還有，妳是怎樣？妳這是在用眼鏡歧視別人嗎？這分明是眼鏡歧視！」

「拉娜，請妳不要誤會了，我並沒有歧視眼鏡。」

「是、是嗎……？那就好。」

「我只是單純瞧不起妳這個人。」

「妳……妳這女人！」

「好了啦～別吵了。」

眼看拉娜就要揮起拳頭，但是聽見車斗傳來語調柔和的說話聲，她頓時停止了動作。

「索妮！還、還不都是因為潘蜜拉太過分了！明明自己連一個計畫都不想，卻老是對我想出來的計畫百般挑剔……！」

「那是因為妳的荒唐計畫根本沒辦法找到替代方案。」

「唔……可、可惡的傢伙……」

「就說別吵了～」

名叫索妮的少女長相看起來比其他兩人年輕幾歲，頭上不知為何戴著軍用安全帽，把下巴擱在連接車斗和駕駛座的窗框上。

大概是少女悠哉的勸架聲奏效了吧，儘管潘蜜拉和拉娜互相撇開了頭，卻也沒有繼續吵下去，再次恢復了對話。

「好吧，我就姑且相信妳的話。但是，我可不要最後變得像去年美術館那樣喔？」

「那次又不是我的錯！……都是那對奇怪的木乃伊情侶害的啦！下次要是再見到他們，我一定要狠狠地對他們的雙手雙腳各開三槍！」

「拜託不要，那樣很浪費子彈。」

潘蜜拉面無表情地說完後，索妮天真無邪的說話聲從後方傳來。

「潘蜜拉，我問妳喔～下一份工作可以開很多槍嗎？」

「……這個嘛，可以不要那樣是最好啦。萬一有那個必要，我很期待妳的表現喔，索妮。」

「耶～」

三人交談的氣氛和睦得像是一家人或姊妹，但是對話的內容卻瀰漫出危險的氛圍。

這也難怪了，因為她們是——

「話說，這次的工作……一般人應該料想不到吧。」

「咦？」

「三個女人……居然想去搶劫列車。」

她們是——「女強盜三人組」。

強盜團「消失兔（Vanish Bunny）」。

詳細原委暫且不提，她們三人十分崇拜那位知名女強盜「麥拉・貝兒（貝兒・斯塔爾）」，於是便以三名年輕女性組成的團體在美國各地闖蕩搶劫。

她們平時大多是幹一些竊取農作物、稱不上搶劫的「小勾當」，可是每當偶爾想幹一點大事時，總是很「倒楣地」落到要和警官或黑手黨互相駁火的下場，真是一群自作自受的悲劇女主角。

不過話說回來，她們好幾次和警官隊、黑手黨發生槍戰，如今還能安然無恙，從某個角度來看，附身在她們身上的大概是厄運女神，而不是幸運女神吧。

在她們經歷過的危機中，最險惡的就是偷走在美術館展示的寶石之後，正準備撤退時，入口的門不知為何消失了，而且外面聚集了一大群人，其中還有警官。

根據後來打聽到的消息，是一對用繃帶將全身包成像木乃伊的男女偷走了入口，人們以為那是某種表演，所以才陸續聚集過來。

在那之後出來的她們被誤以為和那兩人有關，結果就在長相遭人牢記的情況下，被警察整整追緝了兩個星期。

「當時我真的以為要沒命了。如果只有警察倒還好，居然還被黑手黨追殺……」

潘蜜拉回憶起當時的事情，不禁滿臉苦笑地冒出冷汗。

拉娜則是用鼻子哼了一聲，依舊忿忿不平地回顧過去。

「那間美術館的門上，刻有黑手黨老大和初戀情人的愛情傘……這種事情誰會知道，又關我什麼事啊！要抱怨就去跟那對木乃伊男女抱怨啦！」

「拉娜，妳冷靜一點。」

索妮依然用悠哉的語氣安撫拉娜。不知她對當時的狀況是怎麼想的，只見她沒有生氣也沒有難過，而是以一副教人猜不透的表情加入話題。

「美術館啊……說到這個，妳知道這次要下手的列車叫做什麼嗎？」

「我哪知道啊！」

「……我真希望拉娜知道。我好希望提議搶劫那輛列車的拉娜，起碼能知道這種事情……！」

潘蜜拉單手握著方向盤，用另一手按壓太陽穴。

她很快打起精神，態度彷彿拉娜打從一開始就不存在一般，對著索妮說：

「那輛名叫飛翔禁酒坊號的列車……非常有名喔。聽說列車的兩側加上了好幾個像是雕刻的藝術品，所以又稱為『行走的裝飾品』和『移動的美術館』呢。」

「是喔。」

「這種時候聽到拉娜說『是喔』，真的會讓人很想再問一次『確定沒問題嗎？』……」

搶劫列車。

自西部拓荒時代起，便存在著這種普遍的搶劫手段，但是三個女人要怎麼做到呢？

潘蜜拉在意的就是這一點——

「很簡單啊，只要讓列車在橋上停下來就行了！只要停在橋的正中央，左右兩邊就無處可逃！

這時，我們就可以慢慢地從後方壓制載客車廂……這就是我的計畫！」

「……妳打算怎麼讓列車停下來？」

「只要在橋上埋下炸彈，然後引爆不就得了？」

「好的，確定會失敗了。」

潘蜜拉一臉愕然地把車子停在路肩上，接著立刻攤開地圖尋找附近的旅館。

「喂，妳、妳為什麼這麼快就放棄了？」

「放心吧，拉娜。我打從一開始就對妳不抱希望。」

「唔哇！竟、竟然說那種話……！喂，索妮！妳也幫忙說句話啦……咦？」

拉娜回過頭不見索妮的身影，只看見車斗上成堆的行李。

她急忙把頭伸進窗戶，窺視車斗內——結果看見索妮被前側的行李擋住，正發出規律的鼻息聲，呼呼大睡。

「……算了，妳就好好睡吧。畢竟今晚要熬夜，的確得趁現在睡一覺才行。」

「當然是要找間旅館好好休息啊。」

「等、等一下啦！妳先等等！我現在就以十萬字以內的長度，說明我的計畫有多迷人！」

三十分鐘後

停靠於路肩的車內，拉娜的勸說持續了好一段時間。

透過窗戶相連的車斗內雖然傳來了熟睡的鼻息聲，卻沒有傳進高談闊論的拉娜和聽者潘蜜拉耳裡。

最後，潘蜜拉做出妥協，決定先到現場，屆時再重新討論，這才又開動車子。

「唉～這樣下去，要等到哪天才會變成有錢人啊……」

「放心啦，只要交給我……瞧，我們一定也住得起像那邊那樣的豪宅！」

看著樹林另一頭的巨大宅邸的屋頂，拉娜將其與自己的未來重疊，雙眼發亮——潘蜜拉卻只是冷冷地搖頭，默不作聲地開車。

開往大馬路的途中，她們被好幾輛車超車，潘蜜拉皺著眉頭開口：

「……是不是發生什麼事了啊？有好多車子開得好快。」

「那幾輛車不管怎麼看都不太正派，會不會是發生爭鬥了？我們還是趁被捲入之前，趕快走人吧。」

「說得也是。」

點頭贊同拉娜的話之後，潘蜜拉靜靜地踩下油門，稍微加快車速離開紐瓦克這座城市。

然而，因為破舊引擎持續發出過大的排氣聲響——她們在離開紐瓦克之前，始終沒能發現一件事。

沒能發現從後面車斗傳來的鼻息聲——已經增加成兩人份了。

第一章
野兔與舞蹈

12月30日　傍晚　紐約州某處

雖然用紐約州一概而論，卻很難以一句話來說明其廣大程度。

不是美國人的人聽到紐約二字，腦海中所浮現的印象，應該幾乎都是以自由女神像和華爾街聞名的曼哈頓島吧。

其中，說不定還有人誤以為紐約的範圍僅限於曼哈頓島。

可是，姑且不論人口密度，若是從土地面積來思考，曼哈頓島其實只是其中的一小部分。只不過是紐約州中的紐約市裡的一部分罷了。

然而，這次的舞台不是紐約州首府的繁華中心地區，反而是遠離曼哈頓的森林地帶。

這裡平時是個杳無人跡的蓊鬱空間——

如今卻出現莫名洋溢著開朗氛圍的一群人。

「很好，來確認全員是否到齊吧！要開始點名嘍！一——！」

「二。」

「三。」

「四。」

「五。」「六。」「七。」「八。」「九。」……

……「十九。」「二十。」

「二十一。」

「二十二。」

「呀哈！」

「呀哈！」

「好，Stop！先暫停一下！」

一開始說要點名的男人將雙手往前一伸，強制停止點名。

與其說男人，他的年紀其實應該還算是少年。仔細一瞧，周圍其他男男女女的長相和身形，也全都看起來不滿二十歲。

他們的衣著絕對稱不上體面，如果年紀再稍長一些，看起來或許就像一群受到經濟不景氣影響而遭到裁員的人們，正在為示威遊行做練習。

但是，他們給人的印象大多是群聚在市區小巷內的不良少年，其中甚至還能明顯看到小孩子的身影。

在那群不良少年之中，說要點名的少年搖著頭，指著集團一隅說出特定的名字：

「恰妮&附帶的，你們要報數啦，報數！」

被人用手指著，露出慌張神情的是——戴著厚重眼鏡，感覺像是東方人的少女。

「呀哈？」

「呀哈！」

少女恰妮歪頭出聲後，她身旁的幼小少年也發出相同的聲音。

對著那有如動物的二人組，不良少年半瞇著眼激動地大喊：

「不是呀哈！不是！呀哈！」

「呀呀呀呀。」「呀～」

「你們兩個，我可是很認真的耶！從賈格西手中接下重責大任的我，無論如何都不能搞砸這一生一次的重大任務！」

見到少年雙手抱胸、一派說教的態度，周圍的不良少年們面面相覷。

「奇怪，賈格西有拜託他嗎？」

「沒有啊，他只是一如往常，曖昧不清地到處跟我們所有人拜託而已。」

「我想也是。」

「話說回來，他是誰啊？」

「你是誰？」

「ＷＨＯ！ＷＨＯ！」

「不，我對你的真實身分不感興趣……我感興趣的是錢！給我錢！」

「這麼一來，就不用點名啦！」

「呀哈！」「呀哈！」「去死。」「呀哈！」

眼見大家自顧自地鼓譟起來，氣到太陽穴直抽搐的少年吼了回去：

「喂，給我等一下！剛才有一個人叫我去死對吧！畜生……你們這群畜生！該死的畜生！叫我去死的人自己才會死翹翹！沒錯沒錯，你們之中的某個人將會死掉！一百……兩百年以內一定會死！」

「你這個臭小鬼給我閉嘴！」「簡直比小鬼還要不成熟！」

「為什麼改口？喂，你剛才為什麼要從一百年改成說兩百年？」

「因為他覺得人有可能會活到一百一十五歲左右啦！」

「這傢伙意外地多慮耶！」

「膽小鬼！膽小鬼！」

「呀哈！」「去死——」

「你你你你你你你、你們——這些人————————！」

遭受怒濤般的集中攻擊，負責點名的不良少年淚汪汪地大吼大叫——

鈴鈴鈴鈴鈴——

突然間，周圍的森林中響起了鈴聲，不良少年們不由得望向該處。

「好了，大家到此為止吧～不然只會浪費時間喔～」

「美樂蒂……」

不良少年少女們的視線前方站著一位將金髮綁成雙馬尾的少女，手裡拿著養羊用的手搖鈴。

少女的兩隻手上，分別戴著三支款式、價格不一的手錶，而且每支手錶顯示的時間都不同。

那位名叫美樂蒂的少女帶著惺忪睡眼，以悠哉的語氣開口：

「光是剛才無謂的爭執，我們就已經浪費掉人生中寶貴的八十三秒了喔～就連我現在說話的同時，我們的時間也正一秒一秒地流逝～不過不過，這個時候我要來提問了～我有一個問題想問你～」

「什、什麼問題？」

「來到這裡之後你突然點名是無所謂啦～可是明明出發前沒有點名，這樣你要怎麼確認人數呢？我就是想問這個～」

「……啊。」

面對這個合理無比的疑問，不只是負責點名的少年，周圍其他人也同時面面相覷。

「假使這個點名本身一點用處也沒有，那麼在我下次說『秒』的同時，我們失去的時間一共是五百一十八『秒』喔～如果人的一生只有五十年，人被賦予的時間就是每人一五七六八〇〇〇〇〇秒。既然只有那麼一點點時間，那麼讓五百三十六『秒』流逝可說是一項重罪呢～而且還重得要死喔～你有辦法承受嗎？欸欸，我問你，你有辦法承受嗎？你要不要感受看看五百秒有多沉重……？那五百秒已經回不來了，過去的時間就等於死了一樣～哎呀你瞧，現在又快變成六百秒了喔？」

手錶少女依舊睡眼惺忪，微微偏著頭朝少年逼近。

「喂！好、好啦，都是我的錯！這樣可以了吧？」

「不行，我不原諒你。我從之前就一直在想，不管是賈格西還是你們，大家都太浪費時間了啦。要是大家都在浪費時間，我的興趣就變得一點都不醒目了。」

見到少女的語氣突然變得嚴肅起來，少年不由得倒吸一口氣，問道：

「……興趣？美樂蒂妳的興趣是什麼？」

「我的興趣……就是浪費時間～」

「……咦？」

「我自認比誰都了解時間的重要性。正因為如此，我才要光明正大地殺死時間……心懷憐憫地踐踏每一秒喔？斜眼看著周圍其他人被時間這個無止盡的魔鬼追著跑，我則盡情地蹂躪名為時間的怪物……世上沒有比這更棒的娛樂了吧？瞧，就連你我交談的同時，今天已經消失六百五十秒了喔？」

「信不信我揍扁妳？」

男人氣到太陽穴抽搐，似笑非笑地揪住美樂蒂的衣領，結果引來周圍更猛烈的噓聲。

「他想打女人耶！」

「這傢伙根本不是男人！」

「這種人將來一定會打小孩啦！」

「唔……我要代替未來將要出生的孩子，趁現在海扁你一頓好節省時間！」

「時間就是金錢……時間就是金錢！」

「為什麼要說兩次？」

「就是這麼回事……因為我節省了時間，所以每次打你我都要收你一美元！」

同伴們紛紛說出蠻橫無理的話，讓點名少年發出哀號：

「事情怎麼會變成這樣？」

「所以，說來說去，你到底是誰？」

「你們這些可惡的傢伙啊啊啊！」

「呀哈！」

「呀哈！」

「好的～目前已經有七百秒從世界上消失了喔～」

一群人用彷彿在午餐時段閒聊的氣氛，持續著不著邊際的對話。

他們如果是來露營的話也就罷了，但不良少年們卻進行著和這樣的森林完全不協調的對話。

在他們彼此閒聊的同時，好幾人回想起交付給他們的任務。

⇔

幾天前　芝加哥某處

集合了和現在一模一樣的成員——臉上有著劍形刺青的少年神情嚴肅地說道：

「……就是因為這樣，所以我和妮絲、東尼，還有其他幾個人會搭乘『飛翔禁酒坊號』，至於其他的各位，我希望你們能搭更早一點的列車先行抵達。」

「我拒絕！」「我拒絕。」「我、拒、絕！」

「咦咦咦咦咦?為、為什麼?」

提議冷不防就遭到回絕的少年——賈格西·史普羅德淚汪汪地環視周圍的少年少女們。

「沒有為什麼，就只是想要拒絕看看而已。」

「太過分了吧!」

「要怎麼說呢……那個……因為自信滿滿的賈格西一點都不像賈格西，才想說至少由我們親手把你收拾掉……」

「簡、簡直莫名其妙!」

儘管臉上有著刺青的外觀充滿震撼力，賈格西卻一副快要哭出來的樣子。

少年少女們微笑著注視態度軟弱的賈格西，一邊對站在他旁邊的女人說:

「那麼，妮絲大姊，我們拿到東西之後就可以自由行動嗎?」

「可以，剩下的我會處理……不過，你們要注意嚴禁煙火，也要小心不要摔到了。還有，我們把東西扔進河裡時，勸你們最好也離遠一點。」

「明白了。」

他們一群人和樂融融，繼續反覆確認某項計畫。

考慮到計畫的內容不僅僅是人生，更攸關到他們的性命，他們會如此謹慎也是理所當然。

大陸橫貫特快列車「飛翔禁酒坊號」。

他們打算從被稱為行走裝飾品的那輛列車上，偷走某樣暗藏其中的貨物。

賈格西和妮絲心中似乎另有盤算，但是不良少年們多半沒有察覺那一點，而是各懷心思贊成這項作戰計畫。

「所以，我們要偷什麼東西？」

「明明二十五秒前和一百二十三秒前都說過了，你也該記住了吧。」

「呃，抱歉，我沒有仔細聽。」

「努亞，偷走，新型炸彈，妮絲，開心。」

「炸彈？那種東西妮絲大姊不是已經有一堆了嗎？」

「那個是新型的，威力據說是普通炸藥的五倍。」

「五倍！」

「呀哈！」

「呀哈！」

「那玩意兒感覺很值錢耶……！」

「努嘉，有辦法賣出去嗎？」

「我的親戚說想在好萊塢電影裡面使用炸藥喔。」

「不過，妮絲大概只想拿來引爆吧。」

「沒辦法，只好鼎力相助來討大姊歡心了。」

「話說，我好想在河裡游泳喔。」「真假？現在是十二月耶。」

「用那個炸藥取暖不就得了？」「對喔，你真聰明！」

「應該要用那玩意兒把盧梭家族那群人炸飛吧？」「我也喜歡炸彈喔，因為短短一秒內就濃縮了好幾年份的破壞力。」

「美樂蒂真的不管什麼都以時間為單位耶。」「因為時間是人類最親近也最值得信賴的單位呀~美樂蒂可能是將自己的世界和時間重疊在一起，藉此更加深刻地去感受人生吧~」「美樂蒂重疊深刻感受吧！」「喂，恰妮說了『呀哈』以外的話耶。」「小不點也模仿了一半。」「我上次聽到恰妮說完整的句子，是十三天又三小時三十三分二十四秒前呢。」「妳居然有在算！」「妳不要瞎掰喔？」「是真的啦。」「那好吧，如果妳說謊，妳就要當我妹妹！」「天啊~」「呀哈！」

「嘎哈！」

「等、等一下，大家冷靜一點！」

為了讓混亂的狀況平靜下來，賈格西拍拍手，吸引大家的注意力。

然後，他勉強繃著一張臉開口說道：

「總之，大家要小心喔。雖然警察可能會立刻就找上門，不過一旦有狀況發生，你們只要宣稱不認識我就沒事了。只要說東西是在河邊釣魚時撿到的……」

「笨蛋，你在胡言亂語什麼啊。如果只有賈格西你一人就另當別論，我們怎麼可能會假裝不認識妮絲大姊、東尼還有其他人呢？」

「奇、奇怪？你好像若無其事地對我說了很過分的話？」

對著一臉狐疑地歪頭的領導人，不良少年們哈哈大笑著反過來給他忠告：

「賈格西，你才是不要在列車上看著窗外，嚇到說出『唔哇，這種鐵塊怎麼可能跑得這麼快』這種話喔？」

「我、我才沒有那麼膽小……不、不過仔細想想，那麼重的東西居然能跑那麼快，真的是很驚人耶……要是被撞到的話……唔、唔哇啊啊啊啊啊啊啊啊啊！」

大概是想像了自己被列車正面撞飛的景象吧，賈格西臉色蒼白地把背貼在牆上。

妮絲見狀，溫柔地握住賈格西的手安慰他。

「不會有事的啦，賈格西，因為我們是坐在列車上。」

「說……說得也是喔，妮絲……只要坐在列車上就安全了。」

賈格西露出放心的表情，遙想幾天後將要執行的計畫。

據說是由紐約的黑手黨買下的新型炸彈。

一旦使用那種東西，紐約必將大難臨頭。

既然如此，交給妮絲後再賣給工地就安全多了。做出判斷的賈格西，乾脆地決定「行竊」——

然而在這個當下，他的內心某處仍有一絲大意。

以為儘管坐的是三等車廂，還是能搭到豪華列車，體驗旅行氛圍。

渾然沒察覺到自己將在那輛列車上，被捲入何種麻煩之中——

⇔

森林裡

然後，時間來到三十日的傍晚。

此刻，賈格西等人應該已經坐上列車了吧。

不良少年們一邊相信自己的領導人正在優雅地旅行，一邊互相確認接下來的行程。

「所以，接下來要怎麼辦？」

「你們來幫忙找我妹妹。」

「你這傢伙分明從一開始就沒有妹妹。」
「只要繼續在森林裡閒晃到早上不就好了？」
「現在是十二月！」「會凍死的！」
「不要睡覺就不會有事。」
「不如來生火吧。」「只要把森林燒掉就好了。」
「笨蛋！妮絲明明有說因為要回收炸彈，所以嚴禁煙火！」
「問題不在那裡吧……？」

遠遠看著男生們持續進行雜亂無章、毫無意義的對話，而以美樂蒂、恰妮為首的女生們則是冷靜地確認地圖，整理現在的狀況。

「雖然這也是無可奈何的事，不過我們無法得知列車通過這裡的正確時間。話雖如此，要是太晚來貨物就會被河水沖走……而且讓船浮起來也需要時間。」

美樂蒂一邊說，一邊望向自己背後的兩輛貨車。

那兩輛貨車是由會開車的少年從附近車站租來的，車斗上堆了幾艘不知從哪裡借來的小船。

雖然不知道是透過何種管道借來的，總之現在一輛貨車是用來載小船，另一輛則用來載人。

目前在場的女性約為五人，人數為其五倍的少年們至今仍在吵吵嚷嚷，不過隨著周圍的天色開始變暗，少年們的表情也變得嚴肅起來，並來到女性們的身旁一起查看地圖。

「話說，再繼續待在這裡真的會凍死的，這下該怎麼辦才好？如果要大家一起擠在貨車上取暖，我個人是一點都不介嘎嘎嘎！」

不理會嘴裡被塞進乾硬麵包的少年，美樂蒂睡眼惺忪地指著地圖上的一點說道：

「這個嘛～你們看，這裡有好幾間夏天時供人打獵使用的木屋，不如我們去借住一下吧。就算那裡已經有人住了，說不定也能借到火和毛毯來取暖；如果沒人住的話，就直接借住十小時左右吧。」

⇔

同一時刻　紐約州　某處

就在不良集團決定前往木屋時——

距離那裡不遠處，載著女強盜團的貨車再次停靠在路肩上。

「怎麼了？不是就快抵達預定地點了嗎？」

拉娜選定搶劫「飛翔禁酒坊號」的地點，是位於紐約和五大湖中間那條河上的橋樑。

河川上的橋樑長度適中，逃走方向也是東南西北任君挑選。錢到手後想必可以直接逃往加拿大吧。

抱著這樣的想法——反過來說，因為拉娜完全沒有思考其他事情，只決定了實行地點，所以除了實地勘查外也沒別的事情可做。

由於白天時做出了這樣的結論，於是她們鞭策著破舊的貨車來到這裡。

「啊～汽油沒了啦，差不多該加油了。」

潘蜜拉確認油量表，暫時關掉車子的引擎。

這個時代雖然已經有所謂的加油站，但是因為尚未遍及全國，所以有許多旅行者會把汽油裝在木桶或鐵桶裡帶著走。

所以，潘蜜拉等人自然也不例外，在貨車後面準備了好幾個汽油桶，橫渡全國。

「我看一下地圖找找看附近有沒有木屋，妳可以去幫忙加油嗎？」

潘蜜拉開口時已經攤開地圖了。

她八成是不想親自下車，拉娜這麼想著，邊咂舌邊打開車門。

「真是的，我可是專門動腦的耶？要是汽油的味道讓我腦袋變笨怎麼辦？」

「放心啦，妳不會變得比現在更笨的。」

「……祝妳早日發生意外！……啊，不行，這樣連我也會變成受害者……」

目送邊發牢騷邊下車的拉娜，潘蜜拉一派泰然地確認地圖。

前方有夏天時狩獵者使用的木屋群，假使之後真的要搶劫列車，或許應該以那裡作為據點。

潘蜜拉用鉛筆在那個地點做上記號——

「噫啊啊啊啊！」

這時，車斗的方向傳來拉娜怪異的慘叫聲。

「……？怎麼了？妳該不會是弄翻桶子，把汽油淋了一身吧？如果是這樣，妳可以點火暖和身子喔，永遠地。」

她從窗戶對拉娜投以讓人笑不出來的嘲諷，卻沒有得到回應。

「……？」

潘蜜拉納悶地皺著眉頭，折起地圖，自己也走下駕駛座。

望向後方，只見拉娜正朝車斗的棚架內窺視，嘴巴還一張一合的。

「怎麼啦？不會是索妮又全身脫光光了……吧……？」

潘蜜拉嘆著氣繞到貨車後面，往車斗裡面一看，頓時和拉娜一樣渾身僵硬。

她們看見在棚架裡——

有一名十分陌生的少年，正一臉幸福地呼呼大睡。

呼呼呼呼，呼呼呼呼，呼呼呼呼，呼呼——

⇔

同一時刻　森林裡

載著不良集團和小船的貨車離去之後——

遠遠觀望其動靜的人們，用冷冰冰的語調互相低語：

「……走了啊。」

「他們到底來幹嘛？這個時期，應該不可能是來露營的。」

「他們大概原本是想舉辦吸毒或雜交派對，結果因為耐不住寒冷就回去了。」

一身好似軍人裝扮的男人們，帶著生硬的表情，轉身面向森林深處。

「回現場去吧。大約再過兩小時就要開始作戰了。」

「是！」

男人們默默地前行——其中一名像是領導人的男人臉上泛起淺笑，低聲地說：

「如果可以的話，我由衷祈禱第一次就能交涉成功。」

「雖說是為了革命……我也『不希望古斯同志開槍射穿小孩子的腦袋啊』。」

然後——他們前往橋樑的方向。

他們是革命恐怖分子「幽靈(Lemures)」的特別行動隊，既負責交涉，同時也是信使，負責將交涉結果傳達給「飛翔禁酒坊號」內的同伴們。

雖然這項作戰計畫要挾持上議院議員的妻女，需要抱持犧牲的覺悟——

但是對於以古斯為首的同伴們能夠作戰成功，他們沒有一絲懷疑。

可是，這也難怪了。

因為那輛列車上載了「什麼」——他們完全無從得知。

⇔

「消失兔」持有的貨車　車斗內

「……那麼，我再確認一次，你叫什麼名字？」

「卡爾崔里歐……卡爾崔里歐．魯諾拉達。」

「那我叫你卡崔好了……卡崔，你是在哪裡坐上我們的貨車？」

「對不起……我……」

為了安撫視線低垂、滿臉歉疚的少年，潘蜜拉輕撫他的頭，以溫柔的語氣說道：

「你放心，我們沒有生氣，只是有點嚇到了而已。」

「謝、謝謝……我從我家逃出來時……這輛貨車正好就出現在眼前，於是便躲上車，以免被帶回去……」

「這樣啊……不過，真是幸好你在車斗上打盹時沒有掉下車。索妮，妳陪他一下。」

「嗚妞姆？」

聽了潘蜜拉的話，索妮兩眼無神地從車斗深處出聲。

雖然索妮剛才就睡醒了，不過可能還是迷迷糊糊的吧，她好像還不是很清楚發生了什麼事。

把卡崔交給那樣的少女——潘蜜拉帶著拉娜，暫時離開車子。

「那孩子大概是在索妮睡著後不久上車的。」

潘蜜拉把拉娜帶到稍微遠離貨車的地方，冷靜地思索少年的來歷。

儘管少年的全身上下有多處泥漬，然而身上的服裝顯然與一般孩子不同。雖然不是什麼特殊服裝，不過即便是外行人，也看得出來那不是普通孩子會穿的衣服——是為了追求高級感而製作出來的。

少年渾身散發的氣息就算說是英國貴族後裔也讓人毫不懷疑，只見拉娜兩眼發亮，潘蜜拉則是悶悶不樂地嘆了口氣。

「沒想到居然會撿到一名離家出走的少年。」

「……瞧他那身行頭，他肯定是那棟超級豪宅的孩子啦。搞不好，光是他那件上衣就相當於一名銀行員工的週薪……甚至有可能是整個月的薪水哩。」

「住在那麼大的房子裡，他心裡大概有什麼不滿吧。」

想起白天拉娜所指的那棟宅邸，潘蜜拉對少年稍微起了妒意。可是，想到有錢人理所當然也有他們自己的煩惱，她就沒有特別批評少年了。

——再說，身為強盜的我們哪有資格說三道四呢。

不顧暗自苦笑的潘蜜拉，拉娜眼鏡露出精光，興奮地拍手說道：

「我想到好點子了！那……我們就誘拐那孩子，要求贖金吧！」

「妳說得倒容易……不過老實說，其實我也動過這個念頭……」

自己竟一瞬間和拉娜有了相同想法，潘蜜拉不禁羞恥地嘖了一聲，但隨即便陷入了沉思——

沒一會兒，她決定有條件地贊成這個提議。

「這樣感覺比搶劫列車要好多了……只不過，直到最後都要小心，別讓他發現自己被誘拐了喔。免得他嚇得逃走就麻煩了，況且我也不想在他心中留下不好的陰影。」

「只要開槍打他的腿不就得了？」

「……妳說這話是認真的嗎？」

「當然是開玩笑啊。」

在潘蜜拉的狠瞪之下，拉娜冒著冷汗別開視線。

另一方面，潘蜜拉則是想起從剛才就浮現在腦海中的怪異感，自言自語地說：

「不過，我總覺得好像在哪裡聽過魯諾拉達這個名字……」

「那是當然的啦，對方可是住在那麼大一間房子裡的資產家耶？妳肯定有在報紙或廣播上聽過名字，只是以前不感興趣而已啦。」

「……是這樣嗎？」

儘管有些事情想不通，然而潘蜜拉最後還是沒能回想起來，就將那份怪異感留在腦中。

「哇～好可愛～和涅伊達小時候一模一樣～」

「請、請妳不要這樣。還有，涅伊達是誰啊？」

兩人一回到貨車的車斗，就見到索妮像對貓咪一樣地撫摸卡崔的頭。

拉娜露出爽朗的笑容，對滿臉通紅的卡崔問道：

「卡崔，我問你。你知道你家的電話號碼嗎？」

「咦？請、請問……妳是要和我的家人聯絡嗎？」

「啊，你放心啦！我沒打算要他們來接你。只不過……你突然不見了，你的家人一定很擔心吧？所以，我想打電話告訴他們你現在很好。不管怎樣，你應該打算明天就回家了吧？」

面對笑瞇瞇地調整眼鏡位置的拉娜，卡崔一時顯得有些猶豫不決。但是，少年最終似乎認為這三名女性值得信任，便老實地將自家的電話號碼說了出來。

然而——此舉最後卻成為引起大騷動的原因之一。

⇔

紐瓦克郊外　魯諾拉達宅邸內

『我會在新年之前回去，請不要擔心。大家並沒有錯，請不要生他們的氣。』

留下這樣的字條，身為長孫的少年消失了。

聽到這件事，魯諾拉達家族的老大巴爾托羅．魯諾拉達神情凝重地嘆了口氣。

「唔嗯……現在的環境，對於這個年紀的孩子來說確實太嚴苛了。」

他的年紀約莫五十多歲，臉上的皺紋不淺也不深，充滿威嚴的臉上戴著散發知性氣息的眼鏡。

「不過，他意外地有行動力，真是教人欣慰不已啊。」

「老大！現在是說那種話的時候嗎！」

對著語氣淡然的岳父，身為卡崔父親的男人焦急地大喊：

「那孩子……可是對外面的世界一無所知耶？他根本不知道外面有什麼樣的危險！」

「把他養育成這樣的不正是你們嗎？」

「唔……」

關於孫子的教育問題，巴爾托羅從來不會多加干涉。

他雖然有教導孫子這個年紀應有的禮儀，不過基本上都會尊重女兒與女婿的意見，即使他們禁止卡崔獨自外出，讓他成為「足不出戶的少爺」。對此巴爾托羅也曾幾度提出質疑，但最終還是交由女兒他們管教。

——況且，這次的事情不該由我來出面。

女婿的部下們正在拚命地找人，可是巴爾托羅並沒有增派家族的人員去幫忙。他並不是不擔心孫子——而是過分重視這件事，讓其他家族察覺有異狀就不好了。

——這件事還不在「我們的管轄範疇內」。

擔心歸擔心，他也不是不能理解孫子的心情。覺得就這樣強行把少年帶回來也不太好。巴爾托羅認為要是找到人了，到時只要在周圍暗中保護他即可。

和祖父淡然的態度相反，卡崔的父親則是顯得十分焦躁，他指著一旁負責護衛卡崔的人，並大聲斥責：

「說起來，都怪你們沒有好好看著他……！」

「把手給我放下。」

「……！」

巴爾托羅的說話聲平靜且讓人感到壓力，令周圍所有人不禁屏息。

「不，老大，這一切的確都是我的責任。」

「這件事情輪不到你來決定。」

對著感覺隨時都會開口說要自殺謝罪的護衛，巴爾托羅語氣平靜地說：

「假使卡崔回來了……結果發現負責照顧自己的你們受了懲罰，他想必會大受打擊吧。如果因為自己小小的離家出走，害得你們兩手都沒了手指的話。」

「……！」

所有人都明白那不是比喻，就連卡崔的父親背部也不由得冒出冷汗。

在毫無進展的情況下，正當令人厭惡的寂靜即將支配整個房間時——

一名管家模樣的男人進到房內，在巴爾托羅耳邊低語。

「喔……」

巴爾托羅微微挑動眉毛，然後面不改色，靜靜地從椅子上站起來。

「老大……？怎麼了嗎？」

大概是很在意岳父的舉動吧，卡崔的父親神色不安地詢問。

結果——巴爾托羅依舊一派淡然，語調平靜地說出那句話：

「聽說有人打電話來要求贖金。」

「咦……」

「對方要我們明天早上以前，將現金送到指定的木屋，還說絕對不能報警。居然比起我們還比較怕警察，這個笑話可真有意思啊。」

「怎、怎、怎麼會這樣！卡……卡崔竟然被誘拐了！」

和臉色蒼白的男人相反，巴爾托羅泰然自若地開口：

「……這下子，事情總算進入『我們的管轄範疇』了。」

「既然如此……我該做的事情，就是對合適的人們下達指示。」

⇔

過了短短幾分鐘後——

兩輛軍用機車自魯諾拉達家族的宅邸飛奔而出。

經過大幅改造的二輪車以輕輕鬆鬆就超過六十公里的速度，疾馳在昏暗的道路上。

坐在機車上的，是彷彿剛離開派對一般，身穿筆挺的燕尾服和漆皮鞋的二人組。

他們應該是一對同卵雙胞胎吧。兩人擁有一模一樣的臉並配戴著防風眼鏡，猶如機械般面無表情地駕駛著機車——

在遠離宅邸，機車達到最快速度的瞬間——兩輛機車好比事前商量好似地並行，然後同樣宛如事先說好般，兩人分秒不差地同時揚起嘴角。

即使在魯諾拉達的宅邸裡，那對雙胞胎除了對彼此和主人以外幾乎不會開口說話。雙胞胎是直屬於巴爾托羅的護衛——而此刻的他們，因為接到睽違許久的「狩獵」任務而滿心雀躍。

接著，他們同時開口——奇妙的歌曲在兩人之間響起。

♪來，開始狩獵吧。

跑啊跑，跑啊跑，馬不停蹄地奔跑。

就算快被逃掉了也不能就此放過。

當兔子累了的時候，就高高舉起手中的刀刃吧。

強大的是你。痛下殺手的是你。

殺死疲憊不堪的兔子吧。

將豬斬首後接著是鹿，

揮舞手中的刀刃，讓獵物一味地奔跑。

即便快要追到了也不要追上去。

跑啊跑，跑啊跑，披星戴月地奔跑。

已經動彈不得的小兔子。

需要的是勇氣與希望。

解決完兔子後輪到豬，

最後等著的是人或鬼。

無論是大是小，

　將大地的恩賜一一陳列出來。

然後勇敢地剁碎。

　懷著感謝，展現貪婪。

來，開始狩獵吧♪

宛如要去遠足的孩子們一般唱著歌——

兩人讓機車保持最快速度，興高采烈地穿梭在夜幕之中。

歌聲被引擎聲和呼嘯而過的風聲掩蓋，傳不進並行的彼此耳裡。

儘管如此，兩人依然以相同的速度、相同的節奏繼續歌唱。

簡直像在為接下來即將展開的大騷動宣告揭幕一般——

軼事

193×年　餐廳酒吧「蜂巢（ALVERAE）」

「欸欸，艾薩克。」
「什麼事，蜜莉亞！」
「艾薩克，你有看過馬戲團表演嗎？」
「當然有！小時候，我曾經去看過一次喔！大概吧！」
「大概？」
「我會說大概，是因為我記得當時有各式各樣的動物做了各式各樣的事情，可是卻不記得那究竟是動物園還是馬戲團。不過，這種小事不用在意啦！」
「說得也是！」
「所以，妳為什麼要提起動物園啊，蜜莉亞？」
「是馬戲團啦，艾薩克。聽我說、聽我說，聽說費洛的朋友以前待過馬戲團喔！像是走鋼絲、跳火圈、擲飛刀等等，他會很多種才藝呢！」

「那可真是厲害！真不愧是費洛！」

「費洛很厲害？」

「當然啦！和厲害的人是朋友，就表示費洛隨時都可以請對方教他怎麼走鋼絲……也就是說，只要費洛想做，他隨時都可以表演走鋼絲、跳火圈給我們看，而我們只要對費洛擲飛刀，就一定會射中他頭頂上的蘋果！」

「太厲害了！」

包括艾薩克和蜜莉亞的對話在內，「蜂巢」店內上演著一如往常的景象。

在那之中，費洛一如既往的說話聲響徹了整間店。

「怎麼可能有那種事！」

聽到費洛愕然地予以否定，艾薩克二人吃驚地瞪大雙眼。

「咦咦？費洛不厲害嗎？」

「不厲害嗎？」

「呃，這不是厲害不厲害的問題……」

費洛如此說著，眼神中帶著不屑。對此艾薩克二人笑著回應：

「費洛，你放心啦！你就算不厲害，我和蜜莉亞還是很喜歡你！」

「不厲害這點真是太厲害了！你好帥氣喔，費洛！」

「……啊啊，嗯，好吧，我就坦然接受你們的好意了。」

不知該作何反應，費洛臉上浮現複雜的表情，這時，在他背後的女性——艾妮絲開口了。

「馬戲團啊……」

「怎麼？艾妮絲也有興趣嗎？」

面對費洛的問題，用鍊金術創造出來的人造人(Homunculus)艾妮絲以認真嚴肅的態度問道：

「大家果然都覺得那個很有趣嗎？」

「咦？」

「不好意思，費洛先生……我雖然知道這個單字的意思，腦袋中卻沒有實際見過馬戲團表演的『記憶』，所以缺乏真實的感受……請問人們是從馬戲團的哪個地方找到快樂呢？」

「啊……這個嘛，要怎麼說呢……」

突然被人正經八百地詢問，費洛也不知該怎麼回答，就在這時，在吧台座位聽著兩人對話的費洛的上司，麥沙．阿法羅伸出援手。

「人們之所以感到快樂，主要可能是因為能夠見到超越自身想像之『極限』的事物吧。」

「極限嗎？」

「是的。一流的雜技師們和受過訓練的動物所呈現出來的表演，超越了人們自身想像的極限。或許就是目睹最純粹的『未知領域』後感到震驚的心情，才能令情緒高漲激昂吧。」

「有道理……比方說看到至今不曾見過的大南瓜時，的確是會發出驚呼聲呢。」

接續費洛的比喻，麥沙繼續說下去：

「沒錯，因為人在見到遠遠超乎想像的事物時，多半會發出感動的讚嘆，又或者感到恐懼。」

「的確，如果是見到超乎想像的巨大蟲子，就不會覺得感動了……」

費洛才說完，吧台後方便傳來女老闆的聲音。

「我說你們幾個，不要在餐廳酒吧裡談論什麼大蟲子好不好？這樣客人會聯想到蟑螂耶！」

「雪娜小姐，妳不要大聲嚷嚷啦！」

「為什麼蟑螂會被大家討厭呢？」

「艾妮絲，妳也不要在這個時候接話！」

看著鬧哄哄的費洛一行人，艾薩克和蜜莉亞彼此交談：

「唔嗯～我雖然不是很懂，不過這應該表示，大的東西不是很厲害就是很恐怖吧！」

「好厲害喔！好恐怖喔！」

「不過，要是蜜莉亞妳變得像大樓一樣巨大，我想我一定會覺得妳很厲害而不是恐怖！」

「真的嗎？哇～艾薩克，謝謝你！」

聽到完全進入自己世界的兩人這麼說，費洛喃喃自語：

「……我倒覺得你們天真的腦袋才是最恐怖的。」

「不過，我並不討厭就是了。」

間章

1931年　12月29日　白天

當賈格西的同伴們還在芝加哥，卡崔也還在魯諾拉達的豪宅裡乖乖讀書時——

在紐約北部的森林裡，有一個孩子正在玩耍。

他的父母總是告誡他，絕對不可以獨自進入森林。

森林深處的河川上方有一座鐵橋，橋上鋪了鐵軌，也有道路通往那座橋樑，因此給人的感覺並非「一旦進入就再也出不來的深邃森林」。

不過，無論是否深邃，「森林」終究是「森林」。

是絕對不能掉以輕心的地方，而那孩子的父母平時也總是這樣對家人耳提面命。

可是，那孩子還是來到這裡了。

為了證明自己已經長大，能夠走在危險的森林中——

說得簡單一點，就是為了試膽。

既不是被附近的惡霸威脅，也不是因為和朋友打賭。

那孩子是自己一人來到這個地方。

感受不到郊狼、野狼和野豬出沒的氣息，孩子有些失望地在森林裡跑來跑去。

假使他是大人的話，或許就會察覺吧。

察覺那是一件異常的事情。

沒有郊狼、野狼和野豬，甚至連鹿、狗、野兔也沒有——即便考慮到現在是冬天，這座森林裡的動物身影實在是太少了。

正因為如此，少年看見了。

看見不可能會在這片森林中見到的東西。

看見了「牠」的身影。

少年並非近距離與其接觸。

而是相距甚遠——

憑藉著孩子的視力勉強可以隱約看見的地方——見到了「牠」。

孩子應該是遠遠地、遠遠地、遠遠地，站在安全的地方。

然而他的身體卻彷彿被綁住一般動彈不得。

嘎嘰、嘎嘰的怪異聲響傳來。

孩子並沒有發現那是自己牙齒打顫的聲音。

「牠」的身影——就是如此地懾人心魄。

明明身影小到和附近飛舞的小蟲子一般大，少年卻能夠理解「牠」是多麼可怕的存在。少年自身的本能，半強迫地讓他明白了這一點。

忽然間，「牠」轉頭朝孩子的方向望去。

與此同時，孩子如脫兔般拔腿狂奔。

不過短短幾分鐘，那段時間對孩子而言卻有如十年之久。

他完全不曉得自己是怎麼逃走的，只知道回過神時，他已抵達自家門前。

之後，他沒有告訴任何人這件事，就只是鑽進被窩裡不停發抖。

一邊期待自己見到的景象只是一場夢。

除此之外，孩子什麼也沒辦法做。

第二章

親近黑暗的兔群

孩子們只是無處可去而已。

無處可去的理由千差萬別，從為了博取他人同情到完全是自作自受，又或者是在喜劇般的機緣巧合下促成這可笑的結果，總之什麼樣的理由都有。

反過來說，理由什麼的一點也不重要。

無處可去的孩子們，就只是受到城裡的情勢左右、被人們的聲音迷惑，宛如隨風飛舞的枯葉一般，不久就被分散到好幾個地方，在那裡「聚集」。

然後——那裡也不過是其中一個落葉堆罷了。

若要說那裡和其他集團有何不同，大概就是在落葉堆的中心，有一個小小的袋子。

不管有多少枯葉都能收納進去，既薄又不可靠，但卻又絕對不會破掉的大袋子。

若要說賈格西．史普羅德這個人身上有著「什麼」，那恐怕就是被稱為品德的特質吧。

儘管比常人懦弱一倍，行動本身卻是大膽無畏。

他和在芝加哥城內從事製造私釀酒事業的盧梭家族對立。對方為了以儆效尤，殺害了賈格西八名同伴。

一般來說，遇到這種事情不是嚇得退縮，就是一怒之下展開行動，和對方玉石俱焚。
可是，聚集在賈格西身邊的少年們並不是一般人。
他們同時襲擊好幾家盧梭家族所管理的地下酒吧和高利貸店鋪，最終造成的損失足以動搖對方的根基。
同伴們沒有一個人退縮。
也沒有人提出反對。
並不是因為賈格西握有力量。
也不是因為他具備令眾人服從的領導力。
更不是因為雙方存在什麼特殊的借貸關係。
聚集在賈格西身邊的少年少女們只是不由自主地理解到一件事。
也許——這名愛哭的少年，就是自己最後的容身之處。
接納原本只是束手無策地隨波逐流、逐漸消失的自己，並且為自己創造出「容身之處」——名叫賈格西的少年便是那樣的一個人。
倘若失去他，自己將會面臨在某條不知名的路上，被人當成枯葉踐踏的命運。
於是，他們不知不覺地成了一群烏合之眾。
只不過，一群團結力強大的烏鴉——

有時也會撕爛野狼的喉嚨。

然後，就像是受到那樣一群人吸引一般，一個又一個無處可去的少年們聚集而來，如今他們的勢力已壯大到足以和小小幫派組織匹敵的程度。

無論這是不是賈格西所期望見到的——

他們，隨時都處於成長期。

⇔

夜晚　森林內某處　木屋

鈴鈴鈴鈴——

一陣與冬天的森林一點都不搭調的聲音響起後，傳來了美樂蒂清亮的說話聲：

「好了好了～集合嘍～從現在起大約二十八秒內請大家集合完畢～」

周圍是遼闊的森林，到處都殘留著前陣子降下的積雪。

穿越那片森林中的道路邊，矗立著幾棟大型木屋，靜靜地等待著狩獵季節來臨時，原本的使用者——也就是獵人們的到訪。

——本來應該是這樣的——

此時，最大的木屋前卻聚集了超過二十名少年少女，他們聚集在搖響鈴聲的少女前方，七嘴八舌地說：

「妳怎麼說大約，卻又明確地指定二十八秒啊……」

「為什麼是美樂蒂在指揮大家？」

「算了，不管誰來指揮都好啦。」

「既然這樣，那我應該也可以。」

「不，就唯獨你不行。」

「為什麼？」

「……因為我討厭你……」

「不要說得那麼直接好不好！拜託稍微委婉地敷衍過去好嗎！要不然默不作聲也行！」

「喂～天氣好冷，我們快點進去吧。」

「話說，我們真的可以擅自使用這裡嗎？」

「反正就算想偷東西，裡面也什麼都沒有，如果只是進去避寒應該ＯＫ吧。」

「要是也能填飽肚子就再好不過了。」

「要是裡面有我妹妹就再好不過了。」

「什麼跟什麼啊。」

「呀哈！」

「等一下，我肚子餓了。」

「關我屁事啊，笨蛋。」

「不曉得牆壁能不能吃？」

「你在胡說八道什麼啊？」

「因為，這間山中小屋是用木頭蓋成的，不是嗎？既然木頭是植物，那不就可以吃？」

「我曾聽說用老虎的脂肪煮過就能吃（註：典故出自日本高知縣的民間故事，故事中是以老虎的脂肪將竹子煮軟來吃）。」

「老虎的脂肪？」

「你是說奶油嗎？」

「是因為老虎曾在樹木周圍繞來繞去嗎？」

「原來如此……樹木和老虎之間的確感覺關係密切。」

「才沒那回事哩。」

「呀哈！」「呀哈！」

一片混亂——

徹底雜亂無章的對話。

對話的內容毫無意義，所陳述的話語只是為了表達一行人身處此地。

可是，他們卻對那樣的對話樂在其中，在森林寂寥的氣氛中製造出屬於他們的結界。

美樂蒂從自己結束發言後精確地計算出二十八秒，然後再次搖響手裡的兩支鈴鐺。

鈴鈴鈴鈴——

「好了，安靜，大家安靜～接下來，我們得在明天早上之前想辦法打發時間……」

說到這裡，美樂蒂忽然滿臉陶醉，一雙惺忪睡眼亮了起來。

「啊啊……打發時間……多麼美妙的詞彙啊。我們活在世界上明明是受到時間支配，如今卻可以隨意打發時間，這真是太太太奢侈了！能夠浪費時間這點在某種意義上，是比浪費金錢還要更更更奢侈的事情喔！」

「是、是這樣嗎？」

美樂蒂對著一臉狐疑的男性同伴，露出恍惚的笑容點頭道：

「那當然！畢竟，這可是在浪費自己有限生命的時間啊！即便說是在浪費生命也不為過！呀，好奢侈！」

「那種事情感覺不會受到半點稱讚。」

「若是一心想著要被人稱讚，那就沒辦法奢侈了～啊啊，必須盡全力打發時間不可！否則會浪費時間的！大家得快點一起來打發時間才行！」

見到美樂蒂搖著鈴鐺興奮地叫嚷，不良少年用更加困惑的表情喃喃低語：

「我有時真搞不懂妳究竟是聰明還是笨。」

結果，周圍的同伴們一副抓到機會似地加入對話：

「你連那種事情都不知道嗎？你腦袋好差喔！」

「我知道喔……喂，美樂蒂，三十五加二十六是多少？」

「咦？六十一？」

「糟糕……她會二位數的加法……這麼說來，她起碼比你來得聰明！」

「沒錯，至少你沒有資格說美樂蒂笨。」

「呀哈！」

「呀哈！」

「你、你們幾個！不准插嘴！話說回來，你們該不會以為我連二位數的加法都不會吧？怎麼可能會有那種事！」

「好了啦，你不用那麼逞強。」

「唔嘰嘰嘰嘰嘰嘰！」

就在無用的對話又開始上演時，美樂蒂的鈴聲再次響起。

配合著鈴鈴鈴鈴的節奏，睡眼惺忪的少女轉起圈來。

轉啊轉，轉啊轉。

看著獨自一人把森林當成舞台上演音樂劇的她，其中一名不良少年開口：

「……美樂蒂，妳在跳什麼舞？」

「天曉得？因為我只是為了打發時間，隨便跳跳而已！」

聽了美樂蒂不知為何得意洋洋的回答，不良少年抱頭慘叫。

「……拜託來點有意義的對話好不好！」

「意義？反正到明天早上之前都要打發時間，既然如此，在這段等待的時間裡不管做什麼都是有意義的行動，不是嗎？因為有著等待這個重要的意義！哇，太棒了！是有意義的打發時間耶！打發時間居然還能被稱讚，真是太奢侈了！」

「可惡……總有一天，妳會為了自己浪費掉的時間感到後悔的……」

不良少年一邊發牢騷，一邊隨意環視周圍。

可能是吵過架的關係，這名上排門牙斷得很乾淨的少年重新感受到這座森林的「寒冷」。

沒有其他人也是一個原因，不過這片土地的氣候本來就比他們的家鄉芝加哥寒冷許多，現在正值冬季卻沒有太多積雪反而是很罕見的事情。

「算了，總之大家進木屋裡去吧。再繼續待在外面會凍壞的。」

缺牙少年說完，集合完畢的年輕人們魚貫進入山中小屋。

但是，美樂蒂卻無意間望向木屋旁的道路，神情納悶地偏著頭。

「怎麼了，小美樂？」

不良集團中少數的幾名少女之一這麼問道，結果美樂蒂只搖響一次鈴鐺，瞇著眼睛喃喃回答：

「嗯……我在想，輪胎痕跡有點多耶。」

「咦？」「呀哈？」

「可是這裡感覺不像是會有很多車子經過的地方……嗯，算了。」

美樂蒂判斷這件事即便深思也無濟於事，決定就這麼朝屋內走去。

她看著雙手上多得誇張的手錶，一面思考接下來要打發時間的事情，臉上露出幸福的微笑。

「反正只要在接下來的十三小時二十一分又五十三秒內，沒有人來就好了。」

他們只要打發時間就好，僅此而已。

正因為如此——才會沒有仔細查看那幾棟林立的木屋。

渾然不知在離他們最遠的那一棟裡潛藏著什麼——

不良少年少女們的漫漫長夜即將揭幕。

⟺

木屋　七號小屋

「牠」本來不應該存在於那裡的。

就各方面而言，都是不該出現在那裡的存在。

「牠」出生的故鄉不是這片土地。

而是在更遙遠的西邊——加州的西北部。

「牠」已經很久沒有見到家人了。

因為自幼便與家人分別。

順帶一提，「牠」並不知道。

不知道不只是自己的家人，這附近也沒有長得和自己一模一樣的同類。

反過來說，人類大概並不曉得「牠」心裡在想什麼吧。

只不過，如果要將「牠」的行動描述給某人聽——

那麼，「牠」現在就只是在發出熟睡的鼻息聲。

在離美樂蒂等人入住的木屋最遠的小屋裡——

將大量食物堆積在眼前。

然而，「牠」仍舊不知道。

照理說，自己必須將那些食物勉強塞進肚子裡——

然後睡一個好長好長的覺，直到春天來臨為止。

「牠們」在相似的「物種」之中，原本就算是淺眠的類型——

然而「牠」的本能卻因為某種因素而失常，甚至沒辦法長眠。

就只是一心想著非吃東西不可，拚命地不停將食物塞進口中。

不知是因為冬天的寒冷氣候，還是身處室內所致——

食物的味道幾乎沒有傳到外面。

因此，「牠」沒有讓周圍察覺自己的存在。

即便是現在這個瞬間。

相反的，處於打瞌睡狀態的「牠」，耳邊傳來了好幾個聲音。

鈴鈴鈴地高聲響起的輕快聲音，以及不久前聽過的——年輕人們的喧譁聲。

不知是「牠」對那些聲音感到懷念，抑或是出自別種本能——

明明太陽即將下山，「牠」的大腦卻開始漸漸偏向清醒的一方。

慢慢地、慢慢地——

⇔

木屋　一號小屋

不良集團打開了木屋，木屋沒有上鎖，裡頭幾乎是一片空蕩蕩。

沒有任何的裝飾，在那裡的就只是一個寬敞的空間。

這裡或許並非為個人所有，而是幾名獵人共同在國有地上興建房屋吧。若真如此，只要假裝一行人是在快要遇難時發現了這裡，那麼即使擅自進來取暖應該也不會有太大的問題。

不過，有在思考這種事情的也只有寥寥幾人，其他成員則是什麼都不想，立刻就大剌剌地把木屋當成自己家了。

「話說回來，這裡還真的什麼也沒有耶。」

「空間寬敞倒是一件好事。」

「自從上次露營之後，好久沒在這種大通舖睡覺了。」

「真希望有毛毯。」

「除了毛毯，真希望有飯吃。」

「牛排，給我牛排。」

「給我錢。」

「給我妹妹。」

「呀哈～」

年輕人們各說各話，一邊隨便找個位置躺了下來。也不在乎背部會被泥土弄髒，就這麼穿著身上唯一一套衣服，自顧自地躺成大字形。

女性們則是快步走過男人們之間，確認在隔了一道牆的後方房間裡有幾張床後，開心地互相擊掌。

雖然沒有床單，不過只要拿和小船一起放在貨車上的毛毯來用，應該就能當作寢具使用。

為了趕緊做好準備，美樂蒂等人回到大客廳，客廳裡男生們像小貓一樣在地上滾來滾去——

結果一名在入口附近窺視窗外的少年，朝著裡面的人們開口：

「好像有車子來了耶。」

「什麼？」

「怎麼搞的？」

「糟糕，不會是這間屋子的主人吧？」

「不，一定是我妹妹。」

「給我閉嘴。」

「聽好了，不管怎樣，就當作是我們遇難了吧。」

「……可是我們的貨車就停在外面耶？」

「天啊！完蛋了！」

不理會亂成一團的同伴們，最初發現來車的男生平靜地繼續說明狀況。

窗外的天色儘管已經變暗，但是裝設在木屋入口的戶外燈，照亮了停在他們的貨車正後方的車輛。

「喔？是一輛引擎超級老舊的貨車……啊～停在我們的貨車旁邊了……從車裡……從車裡走下來的是……？喔喔！是漂亮的大姊姊！」

聽到這句話，少年們頓時振奮起來。

「是我妹妹！」

「對方比你年長。」

「混帳，妹妹哪有分什麼年長年幼的！」

「明明就有！」

「抱歉，那不是你的妹妹，而是我的女朋友。她怎麼會來這種地方呢？」

「……？……！可惡！我剛才有一瞬間差點相信了！」

「再說，就算她是你女朋友，我還是可以讓她當我的妹妹！兩者並不衝突！」

「呃，話是這麼說沒錯啦。」

「而我是不會把我妹交給你的！」

「……你這傢伙說什麼！」

「呀哈！」「呀哈～」

先不管為了芝麻綠豆大的小事快要吵起來的少年們，窗外的狀況又出現了新的變化。

最先下車的，是坐在駕駛座上的馬尾女性，她身上穿著薄薄的防寒衣物。

接著，一名戴眼鏡的年輕女人從副駕駛座下車，然後又有一名看起來稍微年輕一點的少女從車斗現身。最後，一名年紀似乎只有十歲上下、衣著體面的少年下了車，她們看著不良少年們的貨車，不曉得在談論什麼。

「喂，好像都是女人耶。」

少年吹著口哨說道，那個老嚷著要找妹妹的人隨即握緊拳頭，大聲宣告：

「她們全是我妹妹！」

「……最後那個小鬼是男生吧？」

「那就當我弟弟！」

「這樣也行？」

「我只是……只是想要有家人而已！」

「混帳東西……！我們不是早就像一家人了嗎！」

「……唔！你這傢伙……你想弄哭我啊！」

在激動吵鬧的少年們後方，缺了門牙的不良少年臉頰抽搐，愣愣地說：

「這是哪門子鬧劇啊。」

第三章

Bunny & Honey

強盜團「消失兔」這個名字是拉娜取的。

她們原本是沒有名字的強盜三人組，但是她卻在不知不覺間擅自開始以那個名字自稱。在那之前，每當她打算使用別人的名字時，總會慘遭潘蜜拉勒昏。

可是這一次，潘蜜拉卻對那個名字既不否定也不肯定，索妮則只是微笑說了一句：「兔子？感覺好可愛喔。」

拉娜起初都是單獨幹一些偷竊之類的小勾當，後來就在她被惡劣的男人們逮住、差點遭到殺害時，恰巧路過的潘蜜拉救了她，於是兩人便聯手合作了。

至於潘蜜拉這個人，原本是遊走於當地的地下賭場的賭徒，但實際上卻是從那些地下賭場竊取金錢。

兩人儘管性格迥異卻意外地合拍，她們一起走遍各地，反覆在地下賭場和賽馬場犯下竊案——結果在旅行途中，遇見了在荒野中持續開槍射擊的古怪少女。

自稱索妮的少女身旁，停著一輛堆放了幾十把槍的載貨馬車。

「這是我父母的遺物。」

少女邊這麼說邊持續開槍。漸漸地，潘蜜拉和拉娜讓索妮加入自己的行列。

於是——她們就被稱為強盜團三人組了。

每當遭人追趕時，大都能憑著索妮的嚇阻射擊擺脫困境。

雖然看起來不像是會用槍的樣子，但其實索妮已達到人槍合一的境界，甚至能巧妙利用反作用力來操控子彈。

獲得意想不到的「戰力」，潘蜜拉儘管對似乎不太理解情況的索妮懷有罪惡感，還是繼續和滿口好聽話的拉娜一同「工作」。

每座城市都有的小壞蛋，以及被其利用的射擊狂（Happy Trigger）少女。

她們原本只是那樣的一夥人——

如今，卻因為撿到意想不到的東西，有了想藉此小撈一筆的念頭。

在這個經濟不景氣的時代，還能有錢到住在那種豪宅裡，想必一定有做什麼黑心買賣吧。既然如此，從那種人身上拿走一點錢也算是大快人心。

小壞蛋女孩們抱著那種自私的想法，執行了誘拐計畫，但是——

⇔

破舊貨車　駕駛座

「好了，計畫馬上就失敗了。妳說這下怎麼辦，拉娜？」

「……又不是我的錯。」

木屋是指定作為贖金交易的地點。

裝在木屋入口附近的戶外燈照亮了她們的車子。

也就是說——照理說應該沒有人的木屋，有人正在使用。

一邊望著停在前面的兩輛貨車，負責開車的潘蜜拉大大地嘆了口氣。

「好吧，沒有阻止妳在確認『交易地點』之前就打電話，我的確該為此負責。針對這一點，我向妳道歉。對不起。」

「咦……」

見到駕駛座上的搭檔坦率地低頭認錯，拉娜一時不知該做何反應，只能手足無措地脫口而出：

「那、那種事情不需要放在心上啦！妳一旦道歉，只會讓人覺得狀況真的很絕望耶！」

「可是實際上，現在的狀況確實令人絕望。」

「不要這樣子啦！那兩輛貨車只是被棄置在這裡而已！木屋裡面一定沒有半個人！就算有，對方也會馬上離開！因為妳看……那是貨車啊！」

「不要說那種莫名其妙的話，總之還是先下去看看吧。」

潘蜜拉神情凝重地打開車門，拉娜聽了她的話後也急忙準備下車。

雖說是準備，其實也只是解開安全帶、打開車門而已，但可能是潘蜜拉坦率道歉一事太令她震驚了吧，導致她下車的速度變得有些遲緩。

拉娜來到外面時，索妮和卡崔也幾乎同時從車斗下來。

所有人暫且聚集到潘蜜拉身旁，彼此討論今後的狀況。

由於卡崔本身完全沒有察覺「自己被誘拐」這個重要的事實，因此潘蜜拉等人也有必要彼此套好話。

順帶一提，她們也沒有把誘拐的事情告訴索妮。

因為拉娜覺得依她的個性，如果說出來，她可能會告訴卡崔，或是因為同情而放他走，而潘蜜拉也同意這一點。

潘蜜拉和拉娜並不討厭索妮那種純樸善良的個性，但是這次的誘拐行動想必不適合她，而且也可能會讓她有不好的感受。

考量到這一點，潘蜜拉和拉娜決定由她們兩人自己來推動這次的計畫——

——但是仔細想想，這個計畫也是相當胡來。

事到如今，潘蜜拉不由得暗自後悔。

都是因為先前預定執行的是「搶劫列車」這個更胡來的計畫，才會讓她產生錯覺，以為誘拐計畫是非常實際的手段。

至於拉娜，她至今依然興致高昂，甚至在來這裡的途中說出「假使順利的話，就能將贖金和列車乘客的錢都拿到手了！」這種亂七八糟的話，雖然當時潘蜜拉敲了她的腦袋讓她閉嘴，不過她恐怕到現在還是沒有打消那個念頭吧。

潘蜜拉原以為和搶劫列車相比，誘拐應該會比較容易——

豈料現在的情況，卻是有人先來到了照理說應該沒人的交易地點，讓她對自己的選擇抱頭懊悔不已。

——而且也不能現在才變更交易地點了。

假如對方已經帶著錢離開宅邸，那麼雙方肯定會錯過彼此。

如果卡崔和交易對象都不在交易地點，對方八成會不顧一切地報警，況且這個當下，對方已經報警的可能性也很大。

因此，交易非得順利進行不可。

最壞的情況，也就是計畫變得比現在更失控，到時也還有扔下卡崔逃跑這招可行。

只要交易對象現身，對方就會自動將卡崔帶回去，屆時雖然拿不到錢，成功逃跑的可能性還是很大。

所以，潘蜜拉決定下車仔細確認狀況——

她望向木屋，發現「先來的人」將臉從那裡的窗戶探了出來。

而且不只一張。

「……」

被許多雙眼睛從窗戶後方凝視的感覺令人毛骨悚然，但是潘蜜拉以自然的態度將視線移開，對拉娜和索妮說道：

「……今天本來想借住的木屋，裡面好像已經有人了。」

「咦？那怎麼辦？」

索妮一派悠哉地詢問，潘蜜拉則冷靜地環顧四周，望向其他木屋。

「……總之先去其他木屋看看吧。」

⇔

「牠」的耳邊響起了別的聲音。

那是潘蜜拉等人的貨車引擎所發出的老舊運轉聲。

剛才也有傳來兩道類似的引擎聲，不過當時「牠」還處於意識朦朧的狀態。

而現在意識逐漸清醒，「牠」能夠清楚確認那個聲音。

對「牠」而言，那個聲音莫名令人懷念。

過去，「牠」經常會聽見類似的聲音。

載著自己行駛各地的聲音。

大概是聽到那個聲音後想到了什麼吧，「牠」倏地坐起身。

但是，引擎聲隨即停止，不再傳進「牠」的耳裡。

「牠」遲緩地搖晃了一下身體，又再次躺在地板上。

看著眼前大量的食物，「牠」再度豎耳傾聽。

以免自己漏聽任何一絲外面傳來的聲響。

在「牠」半夢半醒的腦海中，浮現了過去的記憶。

被人類說話聲圍繞的那時。

被無數聲響圍繞的那時。

以及——毫不畏懼地接近自己的人們。

人類並不知道，「牠」是否懂得區分「人類」和「自己」。

也不曉得「牠」是否能夠正確理解人類這種生物。

無從得知。

好幾幅畫面從「牠」記憶的大海中浮現。

說話聲響起。

聲音響起。

好多說話聲和聲響朝著自己發出。

但是，記憶又繼續播映出其他畫面。

那是遠比自己沉浸於更多說話聲和聲響的存在。

是最常和「牠」接觸——

有著一頭火紅頭髮的男人的模樣。

然後——可能是方才一度起身的關係，睡眠和清醒的週期開始慢慢縮短，血液也漸漸開始在體內循環。

「牠」靜靜地抬頭，發出聲音。

為了讓自己昏沉的意識，追趕上逐漸清醒的身體。

「牠」就只是發出聲音而已。

⇔

木屋　三號小屋

喔喔喔喔喔喔喔喔喔喔喔喔喔喔——

「？」

似乎聽見某處傳來野獸的吼聲，拉娜在門前頓時停下步伐。

——該不會有郊狼吧？

她豎耳傾聽了一會兒，卻再也沒有聽見聲音，於是不以為意地進到屋內。

「那麼，今天就在這間木屋過夜如何？」

潘蜜拉一邊說，一邊環視單調無趣的山中小屋。

為了防止遭竊，潘蜜拉讓貨車的車頭朝前停在木屋前方，並確認室內有什麼東西。

一張大桌子，還有像是用來吊掛捕獲獵物的鐵具、木製層架。寬敞度雖不到一號小屋的一半，不過也足夠讓包括孩子在內的四人在此度過半天了。

「沒事吧？會不會冷？」

卡崔把堆在車斗內的寬大防寒衣穿在身上，潘蜜拉對著這樣的卡崔問道，結果他用純真的眼神直視著潘蜜拉。

「不會，謝謝妳！」

卡崔坦率地道謝。

「這、這樣啊……」

受到率真的眼神和心靈直擊，潘蜜拉情不自禁別開視線。

——啊啊，果然應該收手才對。

就潘蜜拉從前的印象，有錢人家的小孩都是一群不知世事的少爺，而且個性像貴族一樣驕縱任性。

可是，眼前的少年小小年紀卻很懂事，屬於在另一層意義上不知世事的類型。

他的眼神像在訴說這個世上沒有壞人，輕易相信潘蜜拉一行人，少年的眼神令潘蜜拉心中湧現無盡的罪惡感。

「那麼，你再去跟索妮玩一會兒吧。姊姊們要去向隔壁木屋的那些人打聲招呼。」

「好的！」

「那就待會見了……好了，我們走。」

「咦？等一下，我才剛進來……痛痛痛痛，好痛，很痛耶！」

感到難為情的潘蜜拉抓著拉娜的手臂，來到外面。

一直走到離木屋有段距離，她才對拉娜說：

「……我看……還是收手好了啦。」

「妳、妳幹嘛突然講這種話？」

「要怎麼說呢……把那麼小的孩子當成工具，果然還是教人有點過意不去……」

「妳在說什麼啊！壞事就是壞事，這跟以前的搶劫沒有不同！妳怎麼到現在才想要裝好人啊！」

雖然拉娜眼鏡後方的雙眼吊起，厲聲斥責潘蜜拉，但是她的眼眸深處明顯流露出困惑、迷惘的情緒。

「……話是這麼說沒錯，但即便同樣都是壞事還是有分成很多種。畢竟那些表面上裝成聖人的傢伙之中，也有人違反了禁酒令。況且……」

「況、況且……什麼？」

「妳其實也很迷惘吧？」

剎那間，拉娜的表情僵住了。

她開口像要反駁些什麼，潘蜜拉卻搶在那之前繼續說下去：

「壞蛋也可以分成不同的類型啊。我們是犯下搶案，即使害被搶的賭場和銀行的負責人遭到開除、砍斷手指，或是丟掉性命，依舊可以豁出去繼續搶劫的人渣。可是，我不想當那種欺騙眼前的孩子，利用親子之情來掠奪金錢的人渣。這單純是好惡的問題。我沒說錯吧？」

「……那樣分明是偽善的行為。說什麼自己的眼前有小孩子，難道妳就可以無視賭場負責人也可能有家人的這個事實嗎？潘蜜拉，我真沒想到妳居然會說這種假好心的話——」

就在拉娜微低著頭說到這裡時，潘蜜拉忽然用食指按住她的嘴巴。

「唔唔……」

潘蜜拉猛地把臉貼近，神情愉悅地在嘴邊浮現狡黠笑容。

「妳是不是忘記什麼了？姑且不提索妮，我和妳都是人渣，是反社會的壞蛋耶？」

她的嘴角帶著笑意，眼神浮現出平時對著友人的微笑——像個在談論惡作劇計畫的孩子般說出這番話。

「壞蛋是偽善者，這不是理所當然的嗎？」

「……」

拉娜注視著那樣的她一會，不久便放棄似地嘆了口氣。

「知道了啦，我會考慮妳的提議。不過，我還只是考慮而已喔。」

「謝謝妳。但是等妳考慮好並做出結論，不曉得還要等多少年，所以麻煩妳不要鑽牛角尖喔。」

「……明明要是沒有中間那一句，這話就會很中聽的……」

她半瞇著眼睛看著潘蜜拉，依舊有些依依不捨地說出計畫。

「唔嗯，可是，我真的不覺得這麼做會有多大的罪惡感耶……因為，在經濟不景氣之中還能住在那種豪宅裡，對方搞不好是因為做了一些壞事才賺那麼多錢。」

「我本來也是這麼想，可是看著那孩子，又覺得事情或許不是那樣……」

「況且就連贖金，我也只是說『在可負擔的範圍內，盡可能多拿一點出來』而已。」

「……假如我們手上沒有那孩子，這種條件恐怕只會被人當成是在惡作劇吧……」

見到潘蜜拉抽搐著臉頰這麼說，拉娜臉頰泛紅地別開視線。

「討厭……妳真是的……不要那樣誇獎我啦。」

「……呃，我並沒有在誇獎妳。」

「那妳更直接一點地稱讚我啊！」

——妳是笨蛋嗎？

就在潘蜜拉準備這麼大喊的前一刻——

「那副眼鏡太棒了！要我說一百次漂亮都無所謂！」

一個年輕男性的說話聲從兩人旁邊傳來。

「「！」」

潘蜜拉和拉娜同時轉身，結果見到那裡站著一名打扮得像小混混的少年，他冒冒失失地朝拉娜走來，用自己的雙手握住她的手。

「我稱讚妳了！所以大姊姊，請當我的妹妹！」

「啥？咦？什麼？」

潘蜜拉闖進驚慌失措的拉娜和少年之間，用咄咄逼人的語氣對少年問道：

「等、等一下，你是誰？你突然冒出來想做什麼？」

「問我是誰……沒錯，我是大姊姊妳們的哥哥！如果要說我想做什麼，就是想讓妳們成為我的妹妹……就只是這樣而已！」

「嗄……什、什麼意思？你在胡說八道什麼啊！」

——真搞不懂他在說什麼東西……

——不過，他聽到……我們說的話了？

若真如此，現在就不是要不要執行誘拐計畫的問題了。

看是要迅速逃離現場、封住少年的嘴，還是巧妙地蒙混過去，必須從中做出選擇才行。

「就、就是說嘛！居然冷不防就要我當你妹妹……女人是需要時間做好心理準備的耶！」

「拉娜妳閉嘴。」

感覺拉娜會讓事情變得更複雜，潘蜜拉叫搭檔閉嘴後，再次望向少年——然後她注意到了。

——咦？

在場的不是只有嚷著什麼妹妹的不良少年。

在貨車的後面，無聲地，真的是沒有半點聲響——

直到剛才還在木屋一號小屋裡的那群少年少女，正從貨車後面窺視著二人。

——？！！？？！

混亂至極。

儘管也有可能是天色昏暗的關係，但是他們這麼多人無聲無息地接近她們背後這件事，令潘蜜拉不由得感到毛骨悚然、渾身發顫。

「呀啊啊啊！」

拉娜似乎也注意到那「群」視線了，她嚇得發出怪聲，躲到潘蜜拉身後。

「你們……是使用隔壁木屋的人嗎？你們今天是來露營還是做什麼？」

潘蜜拉懷著一線希望詢問，想要藉此蒙混過去——

然而一名兩隻手都戴著手銬的少女，卻用惺忪睡眼慵懶地笑著，說出令潘蜜拉二人感到絕望的話。

「不是喔～我們只是來打發時間而已～幸會啊，『誘拐犯』。」

彷彿找到心愛玩具的孩子一般，同時細細地品嘗期待與幸福——她開懷地笑了，笑得合不攏嘴。

「好了，兩位姊姊，可以請妳們詳細說明妳們在四十七秒前提到的事情嗎？」

⇔

同一時刻　森林裡

「薩傑斯同志，有件事情令人掛心。」

「什麼事？」

「交涉組的夥伴們好像發現了阻礙的種子。」

「先等一下。」

流貫森林的廣大河川。

橫亙在河川上的長長大橋。

橋上有大陸橫貫鐵路的軌道通過，而此時此刻，普通列車正發出聲響，冒著煤煙，行駛其上。

在距離那座橋樑不遠的森林裡，身穿軍服的男人們平淡地對話。

確認普通列車通過橋上之後，名叫薩傑斯的男人才平靜地轉身望向部下。

「好了，說來聽聽。你說阻礙的種子是怎麼回事？」

雖然身穿軍服，但連熟悉這方面的人可能也完全無法判別那是哪個國家、哪支部隊的服裝。

他們特有的軍服，照理說不該存在於這世上任何一處，包括其款式在內，整體氛圍總令人不禁聯想到已滅國家的亡靈。

「剛才在森林裡的那群小子，好像正駐留在地點K的木屋裡。」

「……你說地點K？」

聽了似乎是部下的男人的話，薩傑斯露骨地皺起臉來。

「確定沒錯嗎？」

「是的。那裡停了兩輛剛才在森林裡發現的貨車，木屋內也亮起了燈光。」

「怎麼偏偏是那裡啊。」

男部下以冷靜的表情，向咂舌的上司進言：

「那裡是交涉組返回時會經過的地點，屆時有可能會遭人目擊。」

「那只好現在跟交涉組聯絡了。」

「目前不行。因為無線電沒辦法從這裡傳到那麼遠的地方。」

他們是修伊·拉弗雷特麾下的恐怖集團「幽靈」的一員，負責在特別行動隊佔領「飛翔禁酒坊號」的期間將車上乘客挾為人質，好與政府進行交涉。

距離佔領列車的預定時間所剩無幾。

負責直接交涉的五人為了報告中途情況，預計每隔一定時間便派一人回到這邊。

而那些木屋的位置，是在交涉人員返回時防止警方追蹤的路線途中。

照理說，計畫應該是萬無一失，已徹底排除遭人目擊的可能性——

「對方人多勢眾，把他們收拾掉似乎不是個好辦法……」

輕易將「收拾」二字說出口，薩傑斯一派泰然地繼續說：

「派兩個人去監視吧。如果沒有問題就不要刺激他們；若是有問題，到時再將他們排除……只不過，要盡可能避免使用槍枝。」

接著，他指名身旁的兩人，派他們前往木屋所在的地區。

一面目送部下們的背影，薩傑斯潛入夜色之中。

「好了……距離時限還剩下八小時。」

像在自言自語似的，只在自己的周圍響起了說話聲——他在黑暗中誰也看不見的位置，靜靜地笑著。

「就讓我好好見識一下貝利亞姆議員的人品和本事吧。」

第四章

追逐兔子 & 美味兔子

——在這個經濟不景氣的時代還能住在那種豪宅裡，對方八成是做了一些壞事才賺那麼多錢吧。

潘蜜拉對卡崔老家的想法，未必只是小壞蛋自私任性的妄想。

只不過，有一點她完全搞錯了。

並不是「一些」——

魯諾拉達家族是靠著正大光明地從事大量「壞事」來累積私人財富。這是無可爭辯的事實。

在美國東部，屬於勢力屈指可數的龐大組織。

該組織最大的財產，既不是金錢也不是武力，而是巴爾托羅．魯諾拉達這個人。

為了保護他，組織內存在著特別優秀的狂熱分子。

他們是直接保護巴爾托羅的護衛，這群人和幹部出人頭地的方式截然不同。

護衛被賦予的職責，不是擊退發動攻擊的對手。

而是如何有效率地成為替老大巴爾托羅擋子彈的盾牌。除此之外，別無他用。

在魯諾拉達家族中，人們不期望出人頭地也不求飛黃騰達，就只是一心仰慕巴爾托羅，不白白浪費自己的生命，而是在最合理的完美時機奉獻生命。

巴爾托羅的護衛便是由那樣的一群人所組成。

正因為巴爾托羅非常清楚這一點，所以他極度信任他們——並將其利用殆盡。

因為他明白，對他們而言，那才是至高無上的讚美。

只不過——成為人肉盾牌雖然是最重要的事情，但並不表示他們沒有其他的能力。

除了護衛之外，偶爾也有人擔任突擊兵或刺客的角色——

現在，騎著兩輛機車在夜色中滑行的雙胞胎青年，便是那個「也能反擊的盾牌」之一。

深夜　紐約州北部　森林前方

「好了，再來要怎麼做呢？另一個我。」

「要怎麼辦呢？另一個老子。」

跨坐在相同款式的機車上，古怪的青年們稱呼彼此「另一個我」和「另一個老子」。

他們將機車停在通往指定木屋的道路旁的樹林裡，屏住氣息，低聲進行無意義的對話。

「就快到交易現場了呢，另一個我。」

「就在這條路的前方喔，另一個老子。」

「要直接過去嗎？另一個我。」

「還是先觀望一下狀況吧，另一個老子。要是隨便闖進去，害少爺被挾作人質，那可就麻煩了。」

儘管談論的內容緊張萬分——兩人臉上卻不知為何浮現笑容。

「對了，另一個我，你現在身上有多少錢？」

「這個嘛，另一個老子，你等一下。」

他們互望著彼此，一邊打開自己的錢包確認。

「老子看過了，頂多就只有二十美元。」

「這樣啊，另一個我。我則是只有十二美元。」

「兩個人加起來只有三十二美元啊。」

「真傷腦筋。」

兩人嘆著氣，同時搖頭。

「犯人的要求是……」

「有多少錢就拿多少出來。」

「不曉得對方會不會願意接受這三十二美元？」

「要是可以接受，那就太好了。」

一邊互相嘻嘻竊笑，他們的眼眸漸漸浮現出不祥的光芒。

「若是無法接受——」

「那麼狩獵的時刻就要開始了。」

「要是少爺有個萬一，到時要怎麼辦呢？另一個我。」

「當然是把所有人都殺了啊，另一個老子。」

——「去把卡崔帶回來。我的命令就只有這樣。」

——「如何處置犯人？這個我沒興趣，交給你們去處理吧。」

兩人所敬愛的崇高老大，下達了這道指令。

他們本來只有在替老大擋子彈、犧牲生命時，才有機會展現自己的忠誠——但是現在，他們被交付了護衛以外的任務。

他們本來在組織中是殺手一般的存在，因為太不怕死，於是被人以避免增加多餘目標為理由，調離前線。

那樣的他們，一直滿心歡喜地以身為老大的護衛為榮——但是現在接獲了其他命令，他們心中湧現出不同以往的喜悅。

身為天生的戰鬥狂，他們始終期盼有機會能夠充分發揮自己的技術。

與此同時，他們心裡也感到憤怒。

對於犯人不自量力地擄走自己所敬愛的魯諾拉達家族的未來，也就是卡崔，他們心中充斥著純粹的怒氣。

同時感受著憤怒與喜悅，他們靜靜地窺視周遭的情況。

他們躲在道路旁的樹林中，慢慢地往森林深處前進，這時，他們的耳裡忽然傳來引擎聲。

幾秒鐘後，一輛車子從他們藏身的森林中駛過。

那是專為越野所打造的車款，開車的是一名穿著怪異軍服的男人。

看見那分辨不出是哪個國家軍隊的軍服，雙胞胎青年互望著對方，點頭示意。

下個瞬間——他們同時催動機車的引擎，急速朝車子後方追了上去。

⇔

一臉驚慌失措的，是正在返回據點途中的「幽靈」成員。

照理說應該沒有警察尾隨在後，就算有，他也有信心徹底甩掉對方。

既然如此，現在忽然出現的兩輛機車是什麼人？

對方是突然自森林裡衝出，從這點來看，他們應該不是單純正在兜風的年輕人。

而且那兩輛看起來是軍用機車，對方很顯然是故意緊跟著自己。

滿頭霧水的「幽靈」男子一面將注意力轉向副駕駛座上的裝備，一面思索。

——怎麼辦？不能就這麼把他們帶到據點去。就算想要和大家一起把他們收拾掉，我也得順利逃回據點才行。

——還是要在地點K的木屋收拾他們呢……？

就在他想起前方的木屋時——他的視野一隅發生了怪事。

後照鏡中映照的兩輛機車像要重疊似的靠近，之後隨即就融合成一輛了。

「？」

他急忙將注意力集中在鏡子上，可是出現在鏡中的機車還是只有一輛。

「怎麼會有這種事！」

就在他不禁出聲，轉頭張望四周的瞬間——

他發現了。

發現機車看起來像是融合在一起，是對方刻意引起的錯覺。

這是因為，其中一輛機車關掉大燈，並排行駛在他的旁邊——正在凝視著自己因慌張而瞬間露出的破綻，以及車內的情況。

男人毫不猶豫就拿起副駕駛座上的手槍，一邊開窗一邊不假思索地射擊。

然而——機車非但沒有逃跑，反而還靠了過來，並且巧妙地避開子彈，朝這邊伸手。

「賓果！你果然不是普通的誘拐犯！」

——誘拐犯？這是怎麼回事啊啊啊啊啊啊啊！

「噠啊啊嘎啊啊！」

還來不及發出疑問聲，駕駛座上的男人便出聲哀號。

因為機車男子一把抓住駕駛伸出手槍的手腕，用力一扭。

「啊嘎啊！啊、嘎，啊啊！嘎啊啊啊啊！」

起初，是出自疼痛的哀號。

「啊啊……啊啊啊啊啊啊啊！」

接著，是出自恐懼的慘叫。

男人有幾秒鐘完全放開方向盤，而森林的樹木逼近眼前——

然後，在被寂靜籠罩的黑暗中，車子的撞擊聲高聲響起。

⇔

十分鐘後　木屋　七號小屋附近

「……好慢啊。」

「就是啊，這個時間應該差不多要經過了才對。」

「幽靈」之中，受命偵察木屋的兩人納悶地望著彼此。

他們不畏冬天的寒意，暗中觀察著持續傳出喧嚷聲的木屋一號小屋——然而交涉人員遲遲沒有現身一事，又令他們心中湧現另一份不安。

這幾個小時以來，他們持續從七號小屋後方觀察著一號小屋，不過木屋內的少年少女們並沒有做出特別值得警戒的舉動。

多了一輛貨車這件事雖然讓人掛心，但是有亮燈的就只有一號小屋和三號小屋，其他木屋依舊無人使用。

看來，果然只是不知打哪來的年輕人們擅自使用木屋，在這裡露營吧。

如果交涉組的車子只是經過前方的道路，應該就不會有問題。

兩人原本是這麼想的，可是最重要的交涉人員卻沒有現身。

「……會不會是出事了？」

「怎麼辦？要向薩傑斯同志回報嗎？」

他們神色緊張地交談，反觀從一號小屋傳來的喧囂聲卻是愈來愈大，吵鬧的聲音甚至傳到了這邊。

「可惡……真是一群無憂無慮的傢伙。」

「幽靈」的一員忿忿地抱怨——

然而他們並沒有發現。

隨著喧囂聲愈來愈大——身在七號小屋裡的「牠」，像是受到吸引一般，正逐漸清醒過來。

然後，又過了幾分鐘——

「……情況果然不對勁。我回去一趟，你留在這裡。」

「好，知道了。」

確認同伴點頭後，男人轉身望向七號小屋的牆壁——

嘰——

注意到小小的聲響。

那是——七號小屋的門被風微微吹動的聲音。

——……？

——門剛才明明……是關著的。

兩人先前抵達時曾從窗戶往裡面窺探，可是屋內只有一片黑暗。

他們犯下的第一個也是最大的錯誤，恐怕就是沒有進到七號小屋內仔細確認吧。不過，這樣確實能避免無謂的開關門聲，讓他們被木屋裡的那群人發現——

假使他們當時有進屋查看，也「極有可能只是讓悲劇提早發生」罷了。

——怎麼搞的……？

——這是什麼味道……？

他察覺到空氣中，微微飄散著一股之前沒有感覺到的刺鼻臭味。

莫非七號小屋裡有東西？

他立刻渾身緊繃，望向同伴所在的方向。

結果，他的同伴似乎也注意到氣味，一臉納悶地看著這邊。

「……這是什麼味道？」

「我才想問你哩。該不會是木屋裡的保存食品腐敗了吧？」

兩人分別想像著臭味的來源，一邊回想之前從窗戶窺探到的景象。

裡頭空無一物。

記憶中，就只有一片黑暗。

可是，他們誤會了。

他們窺視屋內時——將「牠」誤認為堆在室內的毛毯山。

如果有仔細觀察——有謹慎地用手電筒照亮，或許就會發現其質感並非毛毯，而且有在微微地「蠕動」吧。

但是——他們只能將過於巨大的「牠」認成一堆毛毯。

也沒有注意到其後方堆積了大量的食物——

他們就這麼在渾然不覺間，允許「牠」如此接近自己。

「臭味……好像變濃了？」

「不，這個味道……跟剛才不一樣……」

察覺那是野獸的氣味時，一切已經太遲了。

因為「牠」已經來到七號小屋外面——

正從旁邊的灌木叢中窺視「幽靈」們的樣子——

兩名軍服男子視線相對、屏住氣息，然後靜靜地環顧四周。

環顧了四周。

可是，他們卻沒能發現「牠」。

因為「牠」的體型太過巨大，以致他們一時認不出那是生物。

然而，錯覺也只發生在一瞬間。

「……嗯？」

「……啊？」

察覺到不對勁的兩人，反射性地望向灌木叢。

這一次，他們發現了。

發現灌木叢中，有某個「非人的物體，像人一樣地站在那裡」。

當發覺「那東西」的真面目時，他們瞬間動彈不得。

——怎麼會？

「那東西」不應該出現在這種地方。這樣的常識，打亂了他們的判斷力。

但話說回來，他們雖然是基層人員，也還是「幽靈」的一員。

動彈不得的時間只有僅僅兩秒。

可是——面對「那東西」，短短兩秒也足以致命。

於是，「牠」的時間到來了。

「牠」——

「體長超過三公尺的巨大灰熊」，用自己龐大的身軀撲向兩名軍服男子。

男人們的慘叫聲響徹黑夜，掩蓋了一號小屋的喧囂——

以此為開端，森林裡的盛大騷動就此揭幕。

軼事

珂雷亞・史坦菲爾德的人生有一段空白期。

從與費洛・普羅宣查等人共度的少年時期，到以殺手「葡萄酒（vino）」馳名的這段期間，存在著約莫五年的間隙。

儘管聽說甘德魯老爹死後，他被正在巡迴演出的馬戲團招攬入團，但是費洛幾乎不清楚其中的詳情，只知道注意到時，他就已經成為殺手了。

可是，站在費洛等人的角度來看是如此，但從珂雷亞本人的視角來看，理所當然並不存在什麼空白期。

1927年　紐約

「所以，你到底為什麼會成為車掌啊？」

這時尚未成為「馬爾汀喬家族」幹部的費洛，對睽違許久終於返鄉的朋友問道。

結果，紅髮青年——珂雷亞．史坦菲爾德一邊用叉子撥弄桌上的義大利麵，一邊回答：

「這個嘛，因為我是殺手，而當車掌可以免費走遍全美，這樣不是很方便嗎？」

「就只有這樣？」

「就只有這樣。我是很想這麼說啦，不過其實有很大一部分的原因，是因為之前在馬戲團對我照顧有加的大廚，要我搭遍高級列車的餐車，我才請人家幫忙介紹的。」

馬戲團。

聽到這個詞，費洛有些含蓄地詢問：

「那個……馬戲團解散了對吧？」

但是，珂雷亞卻沒有表現出特別難過的樣子，而是一副若無其事地回答：

「是啊。不過，團長有說『等風頭過了會再復出』。假使之後真的復業了，我也會暫時停掉殺手和車掌的工作。」

「風頭？」

「哎呀，因為我們和蠻大的幫派起了很大的衝突，導致團員們都分散各地。我和團長打敗那些傢伙時，團內已經幾乎沒有員工了。」

「你剛才好像輕描淡寫地說了很厲害的事蹟？」

見到費洛冒著冷汗這麼問，珂雷亞回應：

「有嗎？應該沒有那麼厲害吧？真正厲害的，是我們馬戲團裡的那些人。我跟你說，那個魔術師超厲害的喔。他明明穿著像吉丁蟲(玉蟲)一樣的閃亮服裝，卻老是自稱為吸血鬼。不過，他會從手中變出蝙蝠來取代鴿子，還會將身體分成兩半走來走去，魔術手法確實非常高明呢。」

「……那真的是……魔術對吧？」

「除此之外，團裡還有許多形形色色的人，像是會將人孔蓋拔起來的大廚，還有會在空中鞦韆上打鬥的雜技師等等。其實我本來也有參加，不過因為總是獨贏，後來就被他們踢出來了。」

珂雷亞像在懷念過去似地閉上眼睛，邊點頭邊繼續說：

「當家花旦的表演很好看喔。一個漂漂亮亮的女孩子戴著拳擊手套，客人只要花一美元的挑戰費就可以和她對打，贏了還能獲得一百美元的獎金。不過嘛，那些挑戰者大多沒能打到她，時間就結束了。如果參加的是只想打女生的變態，或是故意纏抱她的色狼，就會被狠狠打倒在地。不是我要說，那女人真的很強啊。」

「我開始懷疑你參加的是不是真的是馬戲團了。」

冷汗直流的費洛說完，珂雷亞回答：

「結果到頭來，拿到一百美元的就只有我。」

「你居然挑戰了！」

費洛對珂雷亞投以責難的目光。

但是，珂雷亞卻一臉意外地開始替自己辯解道：

「喂喂喂，你不要小看我喔？我才不會打女孩子哩。我只是把她逼到不得不認輸，然後說了『如果想把這一百美元要回去就跟我交往』，用這樣的方法追求她而已。」

「……」

「……不過我話才剛說完，下巴就中了她一記狠拳，看來應該是被拒絕了。」

「我倒覺得你應該被揍個一百下才對。」

對朋友奔放的個性感到錯愕，費洛挖苦地說。

「真是的，真不敢相信你的神經這麼大條，居然隨隨便便就跟女生告白……」

聽了費洛再合理不過的牢騷，珂雷亞咧嘴一笑。

「因為這個世界是屬於我的啊。總有一天，我心目中最完美的女人一定會在最完美的時機點，答應我的告白。」

「你哪來的自信啊？」

「不只是女朋友，我所遇見的人們，都是我這個世界裡的登場人物。如果有必要，將來一定還會再重逢。若是沒能再次相遇，就表示那個人對我不重要。」

珂雷亞說出妄想一般的話，但費洛只是習以為常地搖搖頭。

「所以，我並不會感到寂寞喔，就連馬戲團解散的事情也一樣。因為只要『那個時期』哪天又來臨了，就有可能再和團長、其他成員，還有庫奇重逢。」

「庫奇？」

突然冒出來的單字，讓費洛不禁疑惑地問：

「怎麼？你們馬戲團也有賣烘焙點心當作伴手禮嗎？」

「不是、不是。奇怪？我沒有跟你提過庫奇的事情嗎？」

「我是第一次聽說。」

聽了費洛的話，珂雷亞搔搔臉頰說：

「這樣啊……難道我只有跟奇士他們說過？」

「庫奇是在馬戲團裡，和我爭奪當家花旦的傢伙……」

間章

「你的名字叫做庫奇啊。這樣比較好。」
不知那顆毛茸茸的球是如何理解紅髮少年的聲音——
下個瞬間，那顆毛球也沒有發出低吼聲，猛地將獠牙伸向少年。

1920年代　美國某處　馬戲團的帳篷內

下個瞬間——被喚作庫奇的那頭灰熊停止了動作。
照理說，「牠」應該正連骨帶肉地撕扯少年，接著用爪子和獠牙按倒對方。
可是——庫奇卻瞬間全身僵硬。
連樹木都能輕易咬斷的牙齒，沒有繼續陷進少年的肉裡。
又過了一瞬間，庫奇和咬人時一樣猛地張大嘴巴，整個身體在地面上打滾。

那副不停揮手滾動的模樣，看起來就像上半身遭受了燙傷。

見到此狀，以旁觀者身分站在籠外的人們開口說話。

身穿西式盔甲的人、渾身肌肉但體型像顆球的男人、身形像針一樣纖細的高挑男人、穿著日本武士盔甲的男人等等，那些人個個外表奇特。

不過話說回來，考慮到這裡是馬戲團的帳篷內，那樣的外表似乎也不算多異常了。

「咿嘻嘻，怎麼了？這是怎麼回事啊，珂雷亞？嘻嘻嘻。」

戴著哭臉面具的小丑笑著這麼問，名叫珂雷亞的少年淡淡地回答：

「這個嘛，因為我事先在手臂上塗了大量的塔巴斯科辣椒醬。」

「不過，你被狠狠咬了一口對吧？剛才被咬了對吧？」

身穿蜘蛛網圖案韻律服的少女一臉不安地關切著，珂雷亞笑著回應：

「是啊，不過沒關係，這點小傷很快就會好的。雖然要是再拖久一點就會骨折了。」

少年用一副像是被狗咬了的態度說完，從遠處旁觀的年輕人放聲高呼。

「啊哈哈哈！這場賭注是你贏了，珂雷亞！」

那名男子的右眼受了重傷，在眼窩中嵌入紅色水晶來取代眼球。

珂雷亞泰然自若地笑著對自己的雇主開口：

「團長，你可得依照約定，取消對庫奇的處分喔！」

「知道了、知道了，我不會把庫奇煮成火鍋啦。好了，要是有細菌跑到傷口裡就不好了，你快去找葛瑞喬爾大廚幫你用料理酒消毒！」

「是！」

少年精神飽滿地回答後，周圍的團員們紛紛對他大力讚揚：

「不過，你還真厲害啊，居然真的讓庫奇咬自己的右手。」

「而且居然還沒被咬爛……你那是什麼肌肉啊，嘻嘻！」

「好厲害！天才果然不管做什麼都很有樣子呢！」

可是，少年對於那樣的讚美卻是搖頭嘆息。

「我明明說過好多次，我不是天才了。這是我努力的結果。」

聽了他的抱怨，團長笑嘻嘻地回應：

「『沒有努力辦不到的事情』，這也是一種了不起的才能喔，珂雷亞。」

不知那番對話是否有傳進耳裡——「牠」總算感覺到嘴巴裡的刺激感緩和下來了。

「牠」在灰熊之中也算是稍微特異的存在。

可能是吃得太好了吧，「牠」逐漸長得比一般灰熊更加巨大，某一天被人類捕獲了。

馬戲團在「牠」即將遭到處死時帶走了「牠」，讓庫奇成為籠中巨獸——但是「牠」的性情卻日益凶暴，最後甚至還企圖攻擊馴獸師。

在那樣的情況下，新加入的紅髮少年說了一句「我來讓庫奇變安分」後，進到籠內。雖然沒有阻止那名少年的團員們也很不正常——但最終紅髮少年活了下來，「牠」則在巨大的籠子裡滿地打滾。

可是，「牠」對那些人類一點都不了解。

自那天起，「牠」開始乖乖地接受調教。

然後，「牠」明白了。明白只要聽從馴獸師和少年的指示、只要眾多人們發出歡呼聲，這麼一來，每天吃到的食物就會愈來愈豐盛。

就這樣，被命名為庫奇的「牠」在之後的幾個月內，清楚地理解了三件事。儘管其中可能有所誤解。

一是人類的歡呼聲，對自己的生存而言是值得高興的。

二是名為人類的生物，對自己來說是毒藥。

三是沒有對咬人的自己予以反擊的紅髮少年，是自己的同伴。

後來，「牠」跟少年和團員，以及被關在隔壁籠內的獅子、老虎、水蟒等動物們，一起生活了好幾年。

庫奇對那樣的現狀感到滿足，甚至無關食物，不知不覺間，「牠」變得只要聽見觀眾的歡呼聲，就會產生堪稱幸福的感受。

又過了幾年時間——

馬戲團解散之後，馴獸師帶著庫奇走遍全美，但是後來「牠」卻因為各式各樣的因素和主人失散——

結果，「牠」只能在紐約州北部的森林裡獨自徘徊。

心中想法不被任何人所理解——

「牠」就只是不停地在森林裡遊蕩。

第五章
宛如脫兔

木屋　一號小屋

正當「幽靈」的二人遭到巨大野獸撲倒之際——

木屋內則是洋溢著與那種緊張感無關的氣氛。

「嗯啊？剛才好像……有人在尖叫？」

「有嗎？是你想太多吧。」

「呀哈！」「呀哈！」

年齡不一的年輕人們，在原本感覺寬敞的室內亂糟糟地蠢動著。

「先不管那個了，我們還有多久要移動啊？」

「去問美樂蒂啦。」

「你們不想先悠哉地耍廢三天嗎？」

「這樣東西會被河水沖走耶。」

「去海邊拿回來不就得了？」

「少在那邊胡說八道。」

「海邊啊……我真想看女孩子裸泳的樣子。」

「你幹嘛說得那麼直白啦！」

「但是我也想看。」「我也是。」「我也是。」「我也是！」「人家也是！」

「妳明明是女的！」「女生有時也會想看女生的裸體啊！」

「什麼……？」「居然做出如此情色的發言！」

「好，我知道了！妳來當我妹妹吧。」「牛頭不對馬嘴！」

「呀哈！」「呀哈！」「咿呀～哈哈哈哈哈！」

他們有如一群混亂的螞蟻，毫無秩序地動來動去，簡直到了用「蠢動」二字形容再貼切不過的程度。

在那群男女交織出的怪異「氛圍」中，可以看見幾個感覺格格不入的身影。

在房間一隅看著少年們騷動喧嚷的潘蜜拉和拉娜二人。

索妮正在旁邊安穩地熟睡，卡崔則是被那群年輕人之中的女性們當成換裝娃娃一樣玩弄。

「請請、請不要這樣。」

被迫穿上女裝的少年滿臉通紅地高聲抗議，少女們卻只是哈哈大笑，接著又繼續替少年換上其他服裝。

看著那幅和平的景象，潘蜜拉和拉娜面面相覷，小聲交談。

「……潘蜜拉，這下怎麼辦啊？」

「還能怎麼辦？一切順其自然吧。」

「太漫無計畫了吧！」

「拉娜妳才沒資格這樣說我……哎呀，這樣對妳來說不是很好嗎？因為這下妳終於可以實現搶劫列車的心願了。」

潘蜜拉苦笑著說完，拉娜重重地嘆氣。

「世上真有如此湊巧的事情嗎？居然會在來搶劫列車時碰上列車強盜……」

「當然有。妳忘記美術館那件事了嗎？」

聽到潘蜜拉自嘲地這麼說，拉娜再度嘆息。

此時在鎖定的那輛列車上，天大的巧合與瘋狂正在糾纏交錯——然而無從得知這一點的她們，回想起先前的那番爭論。

⇔

數小時前

「所以，妳們打算從那個有錢人家身上敲詐多少錢啊？兩位大姊姊？」

眼見雙馬尾少女用惺忪睡眼奸笑著這麼問，拉娜冒著冷汗、別開視線。

「妳、妳在說什麼啊？我們並沒有……」

「不用隱瞞了啦。因為在三十四秒前，妳們明明就有說『況且就連贖金，我也只是說「在可負擔的範圍內，盡可能多拿一點出來」而已』。」

少女一邊嘻嘻發笑，一邊像錄音機似的重複剛才拉娜說過的話。

「妳這人是怎樣……」

拉娜臉色蒼白地將身體轉向一邊，然後猛地回頭。

「沒錯！妳手中並沒有我剛才說過那種話的證據！呵呵呵呵，妳的推理雖然很有趣，不過看樣子，妳還是比較適合去當推理作家啦。」

拉娜這番突然自信心爆棚的發言，讓潘蜜拉不禁低下頭，重重嘆息——隨後，周圍的少年少女們來勢洶洶地提出反駁：

「可是我也聽見了。」「我也是。」「我也是。」「當我的妹妹。」「我也是。」「我也是。」「跟我結婚。」

「話說回來，那是怎樣？與其說推理，應該是證詞才對吧？」

「跟作家一點關係也沒有。」

「莫非這位大姊姊是笨蛋？」

「笨蛋！說人家是笨蛋的人自己才是笨蛋！給我說得委婉一點！」

「說得也是喔。這樣的話，呃……啊～不好意思，請問妳是不是身體哪個地方不太好呢？尤其是眼睛後側、位於頭蓋骨內部的器官？」

聽了少年恭敬有禮的詢問，拉娜對潘蜜拉附耳問道：

「呃……我的臉色真有那麼不好？」

「……不好的是妳的腦袋啦。」

「好過分！妳怎麼可以說那種話啦，潘蜜拉！」

潘蜜拉推開一臉深受打擊、大聲抗議的拉娜的頭，用半放棄的表情對少年們說：

「我跟你們說，這位大姊姊雖然戴著眼鏡，但其實腦筋不太好，所以委婉的挖苦對她是不管用的。」

只在嘴角浮現笑意，潘蜜拉靜靜地環視周圍的少年們——然後以半豁出去的態度接著說：

「所以，你們想怎樣？要報警？還是威脅我們？我可先聲明，那位遭到誘拐的當事人並沒有察覺這件事，所以如果可以的話，我希望不要驚嚇到他。」

聽完這番自私自利的話，少年們面面相覷，然後紛紛說出自己的想法。

「怎麼辦？」

「什麼怎麼辦……你根本沒在想嘛！」

「呀哈！」

「吵死了！恰妮，妳也說點呀哈以外的話吧！」

「從人道的角度來思考，幫助那孩子脫困算是合情合理的事～不過，畢竟我們也是搶劫列車的共犯，所以說到底也沒有資格批評別人啦～」

「不要突然講得那麼認真好不好！這樣會讓人不知所措耶！」

「呀哈！」

「小不點，你吵死了！你也說點呀哈以外的話啦！」

「……去死。」

「你說去死？你剛才小聲地說了去死對吧？」

「呀哈！」

「是、是我多心了啊。」

在那陣吵鬧之中——雙馬尾少女朝潘蜜拉走近一步，然後將滿是睏意的臉靠過來，口氣愉悅地對她說：

「大姊姊，妳們希望我們怎麼做？」

「咦？」

少女對腦筋一片混亂的潘蜜拉靜靜地微笑。

「我只是想在搶劫列車之前，有意義地『打發時間』而已。所以……要我在那之前陪兩位執行妳們的計畫也無妨喔。」

對潘蜜拉二人來說，那真的是值得高興的失算嗎——

得知兩人計畫的少年少女們儘管不是極惡之人，但也絕非善類。

然後——潘蜜拉和拉娜得知了一件事。

那就是，眼前的不良集團正計劃要搶奪自己最初的目標，也就是「飛翔禁酒坊號」上的貨物。

⇔

「居然已經派同伴潛入列車內部……他們雖然看似隨興，實際上卻遠比我們來得有規劃呢。」

「哼，天曉得他們能不能順利抵達貨物列車。在第一次搭乘的列車上，可是會連左右都分不清楚喔？既然如此，還是我擬定的計畫比較……」

正當拉娜絮絮叨叨地說著這些話時，一名不良少年把手臂搭在她的肩膀上。

「放心啦，列車的乘務員，也就是工作人員之中，也有兩名我們的同伴。」

一邊推開親暱地把身體靠過來的少年，拉娜一邊詢問他：

「你說工作人員……」

「是啊，那輛列車的廚師和酒保跟我們認識很久了！像是這次的貨物情報等等，也都是他們告訴我們的！」

面對大方地侃侃而談的不良少年，潘蜜拉不可置信地問道：

「你連這種事情都告訴我們，這樣真的好嗎？」

「嗯？為什麼這麼說？」

「你不覺得當我們被警方抓到時，會順便把你們的事情也供出來嗎？」

對著提出極其合理的問題的誘拐犯，少年一臉不可思議地回答：

「不要被抓到就好啦。」

「……」

少年乾脆的回答，令她一時陷入沉默。

而在那短暫的沉默瞬間，少年少女們吵吵鬧鬧地聚集到她四周。

「妳好笨喔，現在又還不知道會不會被抓到，不是嗎？」

「自首也是有可能的。」

「咦？為什麼？兩位大姊姊，妳們要自首嗎？」

聽到少年驚慌失措的語氣，拉娜以充滿自信的口吻回答：

「怎麼可能！我們可是有著成為全美第一盜賊團的夢想！所以我們是既不會自首，也不會被警方逮到的！」

「喔喔喔喔喔！」

「雖然聽不太懂，不過感覺好帥氣！」

「真不愧……是我妹妹！」「你閉嘴。」「那不然，是我姊姊！」「這樣就可以。」「可以嗎？」

「可是，要怎麼決定誰是第一盜賊啊？」

「這個嘛……當然是憑偷竊的數量……」

「要一個一個地數嗎？」

「那不然，就憑直覺！」

「直覺啊！」「這對盜賊來說的確很重要！」「你真聰明啊。」「呀哈！」

「這樣啊……原來盜賊是憑直覺來決定誰是第一啊。」「不愧是盜賊呢。」「呀哈！」

「對了，成為第一之後會得到什麼好處嗎？」

「也許……會有某個單位提供獎金？」

「是這樣嗎？」「應該不會有吧。」

「如果沒有，那自己去偷不就得了！」

「你幹嘛惱羞成怒啊。」「真是莫名其妙耶。」

「哎呀，沒關係啦！反正大姊姊她們的目標是成為第一盜賊啊！」

「呀哈！」「呀哈！」「欸嘿嘿！」

依舊混亂的對話「聚合體」在潘蜜拉二人之間迴盪。

——雞同鴨講。

——對話完全沒有交集。

潘蜜拉錯愕地嘆了口氣，窺探周遭的情況。

卡崔依然在房間的另一頭，遭到美樂蒂等人玩弄。從他儘管害羞卻滿面笑容來看，他似乎尚未得知自己遭到誘拐的事實。

反觀這邊——

「其實，我一直覺得我們三人應該要統一服裝比較好，這樣才能提升我們的知名度！」

「……妳覺得全裸如何？」

「全裸？好……好創新的想法！」

拉娜則是已經融入愚蠢的對話之中。

——雖然和我有些話不投機……

——不過……這種感覺好像也不錯。

如此想著，潘蜜拉望著天花板好一會。

就這樣，潘蜜拉二人的計畫被少年少女們發現了。

可是，對方不知為何也對她們說起搶劫列車的流程概要。

明明沒有問，不良集團卻擅自和二人分享祕密。

起初，潘蜜拉無法理解他們為何那麼做——

然而在聽過他們說話之後，她開始隱約明白了。

她不可能會理解。

因為他們根本什麼都沒在想。

看著單純順從感性過活的他們，潘蜜拉忽然有了一個想法。

——到頭來，他們和我們是一樣的啊。

回溯自己和同伴的過往——又想起充滿不安定性的未來，她一人靜靜地苦笑。

——真是的，看來這裡擁有安穩未來的……就只有卡崔一人了。

可是，她並沒有察覺。

沒有察覺自己和同伴誘拐的那名少年——才是未來最有可能生活在動盪之中的人。

又或者，不要說遙遠的未來了——

就連今天接下來可能將掀起動盪一事，潘蜜拉也完全沒能察覺。

⇔

森林深處　鐵橋附近

一輛軍用貨車和幾輛私家車，停靠於搭設在距離鐵路不遠的帳篷旁。私家車乍看之下十分普通，但實際上掛的全是偽造車牌。

薩傑斯及其他「幽靈」的成員們毫無閒聊的興致，正以和美樂蒂等人完全相反的嚴肅態度打發時間。

「……好慢啊。」

薩傑斯看著手錶這麼說，此時已大幅超過交涉組的第一位成員應該返回的時間了。

而且，兩名去監視身為不安因素的不良少年們的成員也不見人影。

「……到底怎麼回事？」

在這種情況下，會覺得發生了什麼麻煩事非常正常，然而他卻一時無法置信。

先前在森林中見到時，看起來就只是一群不良少年。薩傑斯理所當然不認為他們有受過特殊訓練，也不認為派去調查的兩人會打輸對方。

——但是，凡事都有個萬一。

加入了某種要素——比方說和第三者會合之類的，任何情況都有可能發生。

薩傑斯思索一會後，邊確認手錶邊做出指示。

「……好吧，兩個人在這裡待命。」

「其他人和我一起前往地點K。」

⇔

森林的入口附近

「哎呀，這究竟是怎麼回事呢？另一個我。」

「是怎麼搞的啊？另一個老子。」

雙胞胎狩獵者們帶著冷酷的笑意雙臂抱胸。

在他們眼前的，是一輛保險桿和引擎蓋扭曲變形的小客車。

儘管沒有起火燃燒，但是一眼就能看出已經喪失作為車子的功能，然後附近的樹上吊掛著一個肉塊。

被堅固繩索吊著的那個肉塊呼吸微弱。

與其說存活下來，倒不如說是勉強留下一條命。

「聽到我們要求他釋放孩子，他的表情立刻就變了呢。」

「是啊，而且還對著咱們大喊『原來是政府的走狗！』呢。」

「偏偏把我們當成是政府的走狗。」

雙胞胎相視而笑，一副不明白這是哪門子笑話的模樣。

他們隨便盤問了一下從車裡拖出來的「誘拐犯」，結果雙方始終雞同鴨講，對方直到失去意識之前，都不斷痛罵兩人是政府的走狗。

只不過——雖然不知道卡崔是否安然無恙，兩人還是成功讓男人坦承自己正打算前往何處。

「經過前面的木屋，在陸橋的旁邊……」

「少爺人就在那裡嗎？另一個老子？」

「如果是這樣就好了，另一個我。」

一邊嘆著氣，雙胞胎再度看向吊在身後的男人。

男人雖然昏了過去，不過依然算得上是很能夠忍受拷問的人。

「不過話說回來……他到底為什麼要說我們是政府的走狗啊？」

「會不會是因為老大和貝利亞姆上議院議員有交情？」

這句猜測的話一說出口，兩人之間的氣溫便逐漸下降。

「……這……也就是說……我們的地位比唐・巴爾托羅和貝利亞姆還低……這些傢伙的腦袋裡，有著這種可怕而且錯誤的想法？」

「咱們被瞧不起了耶，另一個老子。」

「給他們好看吧，另一個我。」

兩人同時扭動脖子，關節有節奏地發出喀嘰喀嘰的聲響，之後跨上機車。

然後，他們靜靜地駕駛機車。

朝著森林深處——有著各式要素等待著的木屋聚集地而去。

就這樣，森林中的「存在」們漸漸凝聚在一起。

平等地吞噬惡意與善意，創造出獨特空間的深邃森林。

至少，在這個瞬間——

這座森林裡，幾乎沒有可以稱為好人的人。

⇔

木屋　一號小屋

「唔喵～」

軟體動物擁有人類的聲帶。

位在房間一隅的索妮發出的聲音讓人如此聯想，而後索妮忽然起身。

「早安～潘蜜拉、拉娜，還有，呃，好多人。」

「好多人是什麼東西啦。」

完全不受四周情況影響逕自安睡的少女，笑嘻嘻地戴起擺在胸口上的安全帽。

「呼啊～所以呢、所以呢，結果怎麼樣了？卡崔的父母有來接他嗎？」

對於誘拐一事毫不知情的少女，用天真無邪的表情詢問拉娜二人。

反觀拉娜二人則是露出有些僵硬的微笑，開口試圖蒙混過去：

「呃，我想這個時間，他們應該差不多就快來了……」

「先、先不管那個了，妳今天不用『保養或試射槍枝』嗎？」

「喂……拉娜！」

「咦？我有說什麼不該說的話嗎？」

連自己說過什麼話都忘記，拉娜的一雙眼睛慌亂地在眼鏡後方骨碌轉動。

潘蜜拉試圖搶在周圍的少年們對剛才的話起反應之前，隨便喊些什麼來敷衍過去——

然而，徹底睡醒的少女卻早一步開口。

她毫不猶豫地露出率真的笑容——

「說得也是！今天我得保養十把才行！」

幾分鐘後

木屋裡的人，有一大半都聚集在破舊貨車的車斗周圍。

潘蜜拉一臉半放棄似地打開車斗的棚架，拉娜則陷入自我厭惡，蹲在遠處。

索妮的心情和那兩人完全相反，喜孜孜地看著潘蜜拉進行作業，其他人則是興致盎然地在一旁觀望。

「我先跟你們說清楚了，這些就像是索妮家人的遺物，千萬不可以偷走或是擅自拿來射擊喔。」

聽了潘蜜拉的叮嚀，不良少年們拍拍胸膛回應：

「知道了！」

「妳就稍微相信我們吧。」

「相信才剛認識的我們？」

「不，反而就是因為剛認識才值得信任……人只要認識愈久就愈會看清對方的真面目，這時要信任對方就很困難了……但是，如果是剛認識的現在就可以憑直覺信任對方！來，盲目地信任我們吧！就算是愛也沒關唔喔！」

「閉嘴，你這個變態！」「就是啊！竟敢撩我妹妹！」「去死！」「說去死也太過分了！」「那不然，受苦吧！」「疼痛吧！」「受傷吧！」「我要將你丟下鍋炒！」「用地獄的業火！」

「呀啊啊啊啊啊！」「呀哈！」「呀哈！」

不理會像喜劇電影一樣被眾人群起圍毆的少年，潘蜜拉默默地將行李從車斗上卸下來。

——可是，卡崔要怎麼辦呢？

——見了索妮父母的遺物，他有辦法理解嗎？

誘拐一事雖然尚未被卡崔本人發現，可是讓他看到這麼多槍，他會不會嚇到呢？

潘蜜拉這麼思考著，憂心忡忡地回頭望向卡崔，想要說些什麼蒙混過去——

可是，他卻面不改色，依舊用略帶微笑的表情看向這邊。

索妮已經開始從箱子裡取出槍枝了，然而他的態度卻毫無變化。

反觀不良少年們——

「喔喔，是真槍耶！」

「好厲害喔～跟這些相比，我們放在芝加哥的根本就是玩具槍嘛。」

「因為我們手邊感覺最猛的，是賈格西那傢伙之前使用的機關槍啊。」

「妳的手臂那麼細，有辦法用這麼長的槍射擊嗎？」

「只要趴著就沒問題喔。」

「好強！好強！」「呀哈！」

就連他們都興奮地圍著索妮，可是卡崔卻沒有那麼做。

他以為那些是玩具？還是不了解槍的危險性？

潘蜜拉猜想可能是其中一個原因，但又覺得好像應該說些什麼，決定開口試探少年的想法。

「呃……嚇到你了嗎？」

可是，聽了潘蜜拉的問題，卡崔卻笑著偏頭，回了一句話：

「嗯？咦？什麼東西嚇到我？」

怪異感。

少年的應答，讓潘蜜拉心中起了微小但確實存在的疑問。

怪異感，就只是一股強烈的怪異感。

突如其來的怪異感，竄過潘蜜拉的背部。

她瞬間明白那份怪異感從何而來，便再次詢問幼小的少年。

「那個……就是……你不怕嗎？看到這麼多把槍……」

「咦？」

少年用一副不懂對方在說什麼的表情，微笑從臉上消失——思索片刻後，他像是想到什麼似的張大眼睛，再次微笑著點頭。

「嗯，我知道那個東西很危險。」

「……咦？啊，呃……」

少年再次讓人感覺有些文不對題的回答，令潘蜜拉一時語塞——

結果少年接下來的那句話，讓她徹底沉默了。

「所以，『我被告誡了在滿十三歲以前絕對不可以去碰』！」

嘰吱——

這次的怪異感，令潘蜜拉的脊骨微微作響。

在覺得那句話很奇怪之前，她長年身為女賭徒的直覺先開口了。

不是「再追問下去很危險」之類的警告。

反而是在說——「已經太遲了，做好覺悟吧」。

儘管如此。

儘管如此，潘蜜拉還是想把這當成是自己和拉娜聯手後脫離賭博許久，所以直覺變遲鈍了。

完全沒有察覺真正變鈍的，是她想要否定自身直覺的精神之刃。

然後——彷彿要對潘蜜拉的心補上致命一擊般，孩子依舊帶著純真笑容，以孩童特有的殘酷說出那句話。

「在我家工作的人們，大家身上也都有『那種東西』！」

◇

森林　入口附近

為了不發出引擎聲，雙胞胎狩獵者一邊推著機車，一邊以淡然的態度對話。

既然已經知道「誘拐犯」身上有武裝，要是駕駛機車而發出聲響，會讓對方察覺我方的存在，況且對方也有可能在途中設下鐵絲之類的陷阱。

包括那一點在內，雙胞胎原本想從男人口中拷問出情報，但因為他完全失去了意識，於是兩人判斷繼續浪費時間只會對救出卡崔造成妨礙。

「話說回來，另一個我，你準備了什麼武器？」

「另一個老子，這個問題問得好。包括備用品在內，今天老子一共帶了三把手槍。」

「我則是帶了兩把刀和鐵絲，槍的話只有一把。」

「你太謙虛了啦，另一個老子。」

漠視以日常對話般的態度交談的兩人，已過深夜的森林籠罩在一片陰森的寂靜中。

夜晚大概就快結束了吧。

雖然有必要在天亮之前抵達木屋，但另一方面，也有先襲擊剛才男人所提到，疑似誘拐犯總部的場所這個選項。

但是，時間上有點來不及。

思考一陣後，雙胞胎的其中一人開口：

「不如這樣吧，另一個我。我把我身上的錢全部交給你。」

「喔，由老子收下另一個老子的錢啊。這麼說來……」

語氣粗野的男人說完，態度有禮的男人拿出自己的錢包，然後跨上自己的機車。

「我從別條路徑去攻擊總部。另一個我，交易事宜就拜託你了。」

「知道啦，另一個老子。」

收下錢的粗野男人一派泰然地說：

「要是對方不接受這筆錢……老子就在『強行』救出少爺之後，把他們全殺了。」

⇔

木屋周邊

陷入自我厭惡的拉娜，獨自沉浸在悶悶不樂的情緒中。

「啊啊……我為什麼會這樣……」

都怪自己說溜了嘴，結果連不需要讓別人知道的事情，也被路過的列車強盜聽見了。正因為一開始拉娜等人預計要搶劫列車，所以此刻她的心情格外複雜。

「對了……話說回來，當初要是有按照我的計畫，專心地搶劫列車就好了。這麼一來，就不必去做誘拐這種事情……啊啊，現在開始也還不遲！果然應該去搶劫列車才對！」

一眨眼就轉換好心情，拉娜精神抖擻地挺直背脊，繞到木屋後方。

——沒錯，只要好好利用那群列車強盜的孩子們，一切就完美無缺了！

——不僅可以趁他們搶劫時大撈一筆，到時還可以趁亂逃跑！

不知她究竟聽到哪去了，拉娜無視少年們「在列車繼續行駛的情況下搶走貨物」的作戰內容，擅自擬定了計畫，還握起拳頭，小聲喊了句：「嗯，沒問題！」

「既然已經這麼決定好，再來就要思考如何處置卡崔了……反正潘蜜拉和我都不想利用他，那麼只要把他留在木屋裡應該就萬事ＯＫ吧！」

趁現在沒有潘蜜拉在一旁吐槽，自稱智慧型罪犯的女人不停地讓自己的腦筋全速運轉。

「等一下喔……一號小屋和三號小屋裡滿滿都是我們的足跡和指紋……對了對了，其他木屋裡真的沒有別人嗎？要是除了那群孩子外還有別的目擊者，事情可就大條了……」

這時，話語和腦細胞同時停止。

由於月光和小屋外的戶外燈光線微弱，因此拉娜的周圍十分昏暗。

但是，儘管如此——她還是十分肯定。

在她不經意環顧的視線前方。

在木屋和森林之間一般人不會去看的地方，有兩個疑似人影的物體。

距離約莫二十公尺吧。如果是位在更深一點的灌木叢中，拉娜十之八九不會注意到。

畢竟那個人影穿著像是軍服的衣服——而且兩人都躺在地面上。

「咦……是誰？」

猶如冰柱穿過背脊般的感覺。

雙腿不自覺地發抖，喉嚨也發不出聲音。

——強盜？

——還是木屋的主人？

——難道是警察……應該不會有這種事情吧？

原本拉娜猶豫著該不該呼叫潘蜜拉，最後心想那也許只是人偶或是稻草人，便為了讓自己安心而往前踏出一步。

一步。

然後又一步。

每當她向前邁步，那兩副身體的模樣便益發清晰。

衣服凌亂，沒有看到特別醒目的外傷。

但是，那兩副身體依舊動也不動，讓人甚至無法判斷究竟是死了，抑或只是失去意識。

拉娜將意識集中在眼前狀況，她的五感頓時變得敏銳而清晰，連之前沒有注意到的事情也開始有所察覺。

——這是什麼味道……

隨著離倒地的人影愈來愈近，一股怪味竄入她的鼻腔。

像是許多食物腐敗，讓人聯想起廚餘的獨特臭味。

然後，讓人想起野狗毛皮的獨特野獸氣味也混雜其中，傳了過來。

——怎麼回事？

——總覺得有股寒意……

也許是本能感應到了周圍的異常吧。

可是，她卻遺漏了最重要的事。

那就是，在男人們的身體旁——在森林的暗處中，有一個巨大的影子正窺視著自己。

影子緩緩地蠕動身體，以慢吞吞的速度，確實地朝拉娜的方向靠近。

還有三公尺。只要巨大影子縱身一躍，想必就能輕易抵達的距離。

但是，拉娜還是沒有察覺朝自己逼近的存在。

兩公尺。

拉娜注意到周圍傳來的野獸氣味變得濃烈，於是顫抖著肩膀徐徐轉動脖子。

望向發出踐踏草地的窸窣聲的，那個方向——

一公尺。

然後，她見到巨大的「影子」。

剎那間——

一道槍聲在木屋周邊響起。

⇔

幾秒鐘前

「那麼，我就來試著射擊那根斷枝嘍！」

月光中浮現的，是在周圍森林中格外高聳的一棵樹。

索妮發現那棵樹的樹枝斷了一半，有一部分無力地垂掛下來，便提出要將其用來試槍。

斷枝和索妮所站的位置意外地有段距離，而且還處於月光之下。

雖說索妮頭上戴著軍用安全帽，但她終究是一名少女，實在讓人不認為她打得中，可是索妮卻一邊哼歌一邊取出一把步槍。

就在少年們悠哉地開起賭盤，想賭賭看她打不打得中時——

下個瞬間，槍聲已響徹四周，中間折斷的部分樹枝彈開，在空中盤旋著往下墜落。

索妮的身體在槍枝的反作用力下微微晃動，確認自己的子彈命中了，她泛起微笑。

「欸嘿嘿～打中了耶～」

經過瞬間的沉默，不良少年們齊聲歡呼。

「呀哈！」

「呀哈！」

「喔喔……喔喔喔……好厲害！好厲害喔！」

「真的命中了！」

「話說，真虧妳居然射得中！」

「妳的身材明明那麼纖細，也太猛了吧！」

「自從賈格西哭著掃射機關槍以來，這是最令我驚訝的一幕了！」

「好厲害喔～發射後僅花了○．○○二三秒就射穿樹枝耶～」

「太驚人了！美樂蒂，妳真的算得那麼清楚啊？」

「我當然只是隨便說說啊。」

「妳、妳這個臭丫頭……」

「安可！安可！」

「安可！安可！」

「安可！安可！」

在意義不明的安可聲催促下，索妮神色從容地開始尋找下一個狙擊目標——

然而就在那個瞬間，一聲尖叫闖進她們耳裡。

繼槍響之後，一道女性的尖叫聲劈開夜晚的寂靜，從稍遠處的木屋後方傳來。

——拉娜？

靠在貨車棚架上的潘蜜拉一聽見那個聲音，便率先衝了出去。

當她氣喘吁吁地趕到時，她所見到的是——

昏倒在地的拉娜，以及被她壓在身下的軍服男子們。

還有——讓人聯想到方才有「某個東西」站在那裡的，地面上異常凹陷的草堆。

⇔

森林裡

「……是槍聲？」

「薩傑斯同志，聲音是從木屋的方向傳來的。」

「我知道。」

突然在森林中迴盪的槍聲。

依回聲的狀況來看，聲音應該不是從很遠的地方傳來。

判斷槍聲是來自木屋一帶，薩傑斯表情依舊冷靜地說：

「……要加快腳步了。」

薩傑斯判斷有狀況發生，煩躁地加快步伐。

——那個聲音……和部下們所用的槍枝不同……

——……也沒有聽見反擊的槍聲。

男人徹底將精神切換成警戒模式，一邊咂舌一邊冷靜地思考。

——該死……難道是已經命喪槍下了？

——看來，必須把政府的走狗現身的可能性也列入考慮了。

⇔

森林裡

「……」

聽到了槍聲，但負責交易的雙胞胎之一只是保持沉默。

但是，他的表情仍瞬間緊繃，推著機車以跑步的速度移動。

萬一，剛才的槍響是射殺卡崔的聲音——

他已做好殺死所有敵人後，自己也共赴黃泉的心理準備。

⇔

木屋周邊

「牠」——庫奇嚇了一跳。

受到孩子們的歡呼聲吸引，「牠」情不自禁地來到小屋外面。

對庫奇而言，戶外的氣溫非常寒冷，但大概是敵不過馬戲團時代的本能吧，正當「牠」準備前往聲音傳來的方向時，「牠」發現了兩個蠢動的人影。

「牠」並不是因為肚子餓，想要把他們當成食物。

自從咬了那個名叫「珂雷亞」的少年手臂之後，「牠」就理解到人類這種生物對自己來說是毒藥。

所以，庫奇或許只是因為久違地見到人類而感到懷念也說不定。

也許只是回想起從前撲向珂雷亞和馴獸師們，把他們按倒在地上打滾時的景象，想要再次重現罷了。

儘管不知真相為何，但總之，庫奇沒有帶著半點殺意地撲向了對方。

可是，庫奇有幾件事情失算了。

首先，是以前飛撲的對象，皆為在馬戲團受過訓練的特殊人士。

再來——「牠」現在的體型和馬戲團解散時相比又大了一、兩號，體重的數值也大幅攀升。

身體遭到足以將人壓扁的體重壓迫，「幽靈」的男子們儘管還活著，卻在那瞬間失去意識。

庫奇見到兩人昏厥反而大吃一驚，過去的景象頓時在腦海中浮現。

從前，「牠」曾經因為撲向比自己嬌小的兒童團員，害對方暈了過去，結果被馴獸師狠狠斥責一頓。

雖然不曉得庫奇對那幅景象的意義理解多少，但起碼「牠」似乎還記得「要是對方不動了就會挨罵」這件事，於是庫奇反射性地轉身，退回到森林深處。

然後——庫奇想起這裡沒有馴獸師、團長、珂雷亞，當時的人們都不在這裡，於是又慢吞吞地回原處——

結果在那裡和戴眼鏡的人類撞個正著，同時，槍聲也傳入庫奇耳裡。

討厭的聲音。

假使庫奇擁有和人類一樣的語言系統，大概會在腦中這麼喃喃自語吧。

從前被賣給馬戲團之前，「牠」曾經好幾度在森林裡聽見那個聲音。和自己模樣相似的同伴、住在森林裡的「食物」隨著那個聲響接連倒下一事，至今仍清晰地留存在庫奇的記憶中。

之後，當馬戲團和名為幫派的集團起衝突時，庫奇又再度聽見了那個聲音——一個給予庫奇「歡呼聲」的孩子腿上流著血，倒了下來。

雖然珂雷亞和團長等人很快就讓發出那個聲音的人們無法動彈，可是「歡呼聲」卻停止了，只剩下令人討厭的寂靜籠罩著帳篷。

自那之後，庫奇就愈來愈討厭那個聲音。

那個聲音好討厭。

「牠」靜靜地發出警戒的低吼，然後邁著沉重的步伐，沿著木屋後方的小路跑走。

堪稱巨大怪物的庫奇，宛如脫兔一般地逃跑了。

然後——拉娜先是目睹巨大的「某個東西」突然出現在眼前，之後又突然地離去。

她一時無法理解發生了什麼事，只能全身發抖——

直到「牠」徹底從視野中消失，她才終於能夠放聲尖叫。

⇔

像是和被拉娜的尖叫聲引到木屋後方的眾人交換一樣，庫奇繞到了木屋的正面。

可是那裡一個人也沒有，也沒有先前聽見的歡呼聲。

到處都散布著氣味，無法清楚辨別那些人類去了哪裡。

但是——「牠」在那裡見到一樣懷念的東西。

和馬戲團移動時所使用的款式相同，有著大棚架的貨車。

旁邊雖然還停了一輛小型貨車，但是庫奇無視它，直接慢吞吞地往比較大的那輛貨車靠近——

不知是受到懷念之情驅使，還是耐不住夜晚的寒風，總之「牠」潛入了貨車的車斗。

在棚架深處，「牠」靜靜地蹲著——

一邊希望再次聽見「歡呼聲」，一邊緩緩地閉上雙眼。

如果灰熊也會作夢——那麼「牠」現在肯定正夢見從前的事。

夢見和珂雷亞、馬戲團的同伴們一起坐在貨車車斗上，搖搖晃晃地到各個地方巡迴的日子——

⇔

幾分鐘後　木屋周邊

「是、是真的啦！妳相信我！」

「呃……妳要我相信妳，可是我到底該相信什麼啊？應該說，究竟發生什麼事了？」

「某個東西！有某個東西出現了！」

「妳說的某個東西是什麼東西啦。」

「某個東西就是某個東西！」

潘蜜拉把昏倒的拉娜叫醒，可是怎麼也無法理解她在說什麼。

明明遭到某個巨大的東西攻擊，她身上卻沒有受傷；以防萬一，潘蜜拉環視了木屋周圍，也沒有見到任何可疑的身影。

可是，有兩名身分不明的男子失去意識確是事實，因此潘蜜拉判斷最好還是提高警戒。

「話說回來，這兩個穿軍服的人到底是誰？」

「我哪知道啊！他們會不會是來獵鹿還是什麼的？先、先不管他們了，那個、那個巨大的東西真的已經不在了嗎？」

「目前暫時沒看到，所以妳先冷靜一點吧。」

軍服男子們和拉娜不同，似乎也有受到肉體上的創傷，可能還要再過一段時間才會完全恢復意識。

話雖如此，也不能把他們放著不管，於是潘蜜拉姑且將他們抬到自己的貨車車斗上。

另一方面，少年們則是已經開始準備從木屋撤退了。

因為美樂蒂說：「早一點的話，列車再過三十三分鐘又三十二秒就會通過～所以差不多該移動了！」所以他們現在正忙著準備。

「話說，等到列車通過了再去也沒差吧？我現在還好睏喔。」

「因為賈格西他們說會在看到我們的小船後才把東西丟下來啊。要是我們不在那可就糟了。」

「賈格西也真是的，居然想了一個這麼麻煩的計畫。明明只要在列車出發前偷走，就不需要做這種事情了。」

「是要怎麼偷啦。」

「叫東尼把列車抬起來扔掉，這樣不好嗎？」

「你對東尼的臂力未免期望太高了吧！」

「要是他有辦法那麼做，他早就去找別的工作賺錢了！」

對著依舊持續愚蠢對話的少年們，美樂蒂鈴鈴地搖響鈴鐺，敦促他們：

「好了好了～還剩下三十二分鐘又五十秒～因為開車大約要花五分鐘才會到，所以得提早行動才行～」

「真拿妳沒辦法耶。」

此時，東方的天空已開始泛白，群星則依舊在頭頂上方閃耀。

在如此羅曼蒂克的森林裡，不良少年們興高采烈地為出發進行準備。

「話說回來，天氣真的好冷喔。」

「河上面是不是會更冷啊？」

「是啊，如果雲出來了還會下雪喔。」

「我看不如借用一下木屋裡面的毛毯，等到回程的時候再折好還回去吧。」

所有人都贊成某人的提議，紛紛開始從屋內拿出毛毯。

雖然無論是否歸還都算是犯罪，但是此時此刻，現場並沒有人具備會在意這一點的道德心。

唯一有可能提出反對制止眾人的男人，此刻正在列車上被捲入重大事件之中，然而他們對此渾然不知，悠哉地將毛毯堆上車。

「哎呀，什麼嘛，我還以為我是動作最快的，結果已經堆得這麼多了啊。」

最先拿來毛毯的少年，失望地這麼嘆氣道。

在昏暗的貨車深處，有著堆得像座小山的褐色毛毯。

做此判斷的少年，不以為意地將新毛毯扔在那個褐色毛毯上。

繼他之後，其他少年們也陸續將毛毯覆蓋在其上。

「嗯？好像有狗之類的動物氣味？」

「應該是毛毯的味道吧。這些毛毯大概也有被拿來裹過獵犬。」

「這樣啊。算了，就不要嫌那麼多了！」

結果，誰也沒有注意到那座褐色毛毯山瞬間動了一下——

而「褐色毛毯」也抵擋不了蓋在自己身上的溫暖布料，就這麼被引誘進入夢鄉。

迷迷糊糊、昏昏沉沉地——

⇔

木屋　三號小屋前

「孩子在橋旁邊，和路過的少年們在一起。把錢裝進這個箱子裡，放入河中。」

「這樣就可以了。」

潘蜜拉將這段文字手寫在紙上，然後清空了從貨車隨便找到的一個箱子，將紙條放入其中，擺在木屋的入口處。

「要是這樣能夠蒙混過去就好了……」

「潘蜜拉，妳在說什麼啊？先不管那個了，那個巨大的某個東西……」

潘蜜拉靜靜地吐氣，表情嚴肅地打斷怯懦的拉娜的話。

「拉娜，我雖然也很在意妳見到的影子是什麼……可是我現在有其他更害怕的事情。」

「什、什麼嘛！我敢篤定！不可能有東西比那個巨大的傢伙還要恐怖！」

無視語氣斬釘截鐵的拉娜，潘蜜拉依然冷靜地接著說：

「我跟妳說，我想起卡崔家的事情了……不對，應該說是剛才被迫想起來了。」

「什、什麼啊。」

卡崔現在已經和索妮一起坐上車斗。

一邊回頭再次確認這一點，潘蜜拉小聲地道出一件事實：

「我想起魯諾拉達這個名字了。」

「嗯？魯諾拉達是誰？」

「……是卡崔的本名啦！妳起碼該記住這一點吧！」

「啊、啊啊！對、對喔！我當然記得啦！我剛才只是想試探一下妳嘎嘎、嘎嘎嘎嘎！」

潘蜜拉使勁捏著拉娜的臉頰，一面嘆著氣繼續說：

「魯諾拉達家族。」

「咦？」

「那是在東部屈指可數的黑手黨組織啦。完全不會在西部露臉，但在東部卻是相當知名的幫派。不過嘛，詳情我也不是很清楚就是了。」

「幫、幫派……？」

見到拉娜瞪大雙眼，潘蜜拉露出近似放棄的苦笑，說道：

「沒錯，也就是說那棟巨大豪宅，是靠著做不只一些壞事蓋起來的房子——要對方不准報警的我們，就等於是在這麼說喔？……『不要把我們交給警方，請以你們的標準制裁我們』。」

「……」

聽了潘蜜拉這番嚴肅的發言，就連拉娜似乎也明白事情的嚴重性了。

她的臉色變得比看見「某個影子」時更加慘白，上下排牙齒喀嚓喀嚓地不住打顫。

「換句話說……那個，咦？我們要是被抓到了……」

「會被砍斷十指、拔光牙齒、挖掉雙眼，最後慘遭殺害……」

潘蜜拉堵住差點發出悲鳴的拉娜的嘴巴，用彷彿已對死亡有所覺悟的眼神喃喃地說：

「……若是『這樣就能了事就好了』。」

⇔

大致準備好了之後，潘蜜拉將嚇到臉色發白的拉娜強行塞進副駕駛座，然後自己坐上駕駛座。

拉娜一副身體不適地仰望車子的天花板，過了一會才用疲憊的語氣詢問：

「對了……那兩個獵人要怎麼辦？他們的脈搏姑且都還算正常吧？」

遲遲沒有醒來的軍人們現在也在車斗上。

由於沒有空間讓兩人都躺下，於是便讓其中一人的上半身靠著車斗的棚架。為了保持良好通風，棚架的後方是打開的，如果是行駛在城鎮裡可能會引人側目，不過在森林中應該就不會有人看到了。

「就算是這樣，也不能把他們扔著不管啊。總之，先把他們載到河邊……如果他們還是沒醒來，之後再帶他們去看醫生。這樣可以吧？」

「……說得也是。啊啊，我已經沒有心思去想那麼多了。」

「真巧，我也是。」

可能是因為現在滿腦子都是魯諾拉達的事情，潘蜜拉處理兩人事情的態度有些隨便。假使他們是木屋的主人，到時只要說自己是因為迷路才借住一晚，這樣對方應該就會接受吧。以真正的軍人來說，他們的模樣實在有些怪異，於是潘蜜拉姑且將子彈從感覺不太適合用來打獵的槍中取出，至於槍枝本身，現在大概正被興致勃勃的索妮觀察著。

「不過，如果他們不是獵人，會不會是真正的軍人呢？比方說，因為訓練太辛苦所以逃出來，結果昏倒了……但話說回來，他們也有可能是來付贖金……應該說，是來殺我們的黑手黨，所以我已經偷偷把他們的手腳綁起來了。」

「瞧妳一副若無其事，結果做得這麼徹底。」

「我只是不想連他們是誰都不曉得，就將他們放著不管啊。」

兩人說著說著，準備完畢的少年們開動了貨車。

潘蜜拉也緩緩地插入車鑰匙，準備跟上少年們的兩輛貨車。

「好了……但願我們也能扮演好『遭到神祕誘拐犯牽連，在威脅之下打電話的人』……」

她們之所以會和不良少年們一起去河邊，是覺得人數一多，黑手黨應該就不會貿然開槍。這麼做雖然會把不良少年們拖下水，不過他們也不是一般人，而是列車強盜。旅行有旅伴，做壞事也有同路人，不如就盡量利用他們吧。

絕非善類的潘蜜拉儘管多少感到心痛，還是決定利用他們。

因為她明白，不良少年們和自己一行人，皆宛如在同一座沙漠中徘徊的兔子。

看不清周遭，不僅過去已然乾枯，也找不到前往未來的方向。

因此，至少得繼續不停地走，去尋找沙漠中的綠洲。

假使沒有了生存目的，兔子恐怕會立刻消失在滾滾黃沙之中吧。

潘蜜拉一方面懷著落寞的心情，同時又抱著彷彿看透了什麼的豁達，靜靜地踩下油門。

就這樣，不良集團和強盜團離開了木屋。

破舊貨車上載著名為卡崔的炸彈。

大型貨車上則載著名為庫奇的炸彈——

他們駕駛著貨車，一路朝著橋樑的方向前進。

⇔

森林裡

在前往河川的途中，三輛貨車和薩傑斯所率領的「幽靈」一行人擦身而過。
但是，貨車上的乘客們並未發覺這一點。
因為察覺到引擎聲的薩傑斯等人，立刻就藏身在森林裡。
一面看著貨車駛過，軍服男子們小聲交談：
「……那個貨車……是昨天那群小鬼嗎？」
「恐怕是。」
「發生什麼事了……可是他們看起來不像是政府的走狗……」
既然他們朝著這個方向而來，就表示先前派出的兩人任務失敗了。
他們看起來沒有武裝，感覺真的就只是一群小混混。
可是萬一他們有武裝，憑薩傑斯方的人數可能會應付不來。
因為車斗上有可能載著國民警衛隊的士兵或貝利亞姆的私人士兵，所以不能貿然行動。
「算了，反正只要狼煙沒有升起，貝利亞姆的女兒就只有死路一條……嗯？」
最後一輛格外破舊的貨車通過的瞬間，他們注意到車斗上的異常。

被派去偵察的「同伴」之一，正以後背靠在車斗的棚架上，昏迷不醒。好像沒有出血，但無法確認生死。

薩傑斯制止同伴們，直到貨車完全通過，才以冷酷的口吻低語：

「看來無論真實身分為何……他們都是敵人沒錯了。」

「我們調頭。查明其真實身分後，將其剷除。」

⇔

橋樑旁

在「幽靈」搭設的帳篷旁，被留下的兩個男人輕聲交談：

「不過，這究竟是什麼樣的麻煩啊？」

「不曉得。但是，最起碼只要讓對方明白我們的意圖，應該就沒問題了。」

兩人正在針對這次的「修伊・拉弗雷特奪回作戰」發表各自的想法。

「可是，那個小鬼感覺很可憐耶。她才只有十歲左右對吧？」

「不需要在意那麼多。反正，她只是一個在有錢有勢的父母庇護下長大的小鬼。這麼做，只是讓她為之前的幸福付出代價而已。」

「這麼說也有道理。因為不管交涉成功與否，她最後都難逃一死嘛。」

「哈！這樣還算『人質』嗎？」

兩人談論的是此時應該正在列車上遭到拘禁，名叫瑪麗·貝利亞姆的少女——然而很不幸的，從樹叢後偷聽的男人卻因為這段對話產生過度的刺激。

「喂。」

「「咦……啥？」」

聽見突然從身後傳來的聲音，兩人同時轉身——

結果，他們同時遭人以大拇指刺入咽喉，然後就這麼昏厥過去。

然而幾分鐘後當他們醒來時，將會受到令他們希望自己就這麼死去的，短暫且極具效果的拷問。

「意思是，你們打算無論如何都要殺了少爺……？」

「該死的誘拐犯竟敢耍人。看我怎麼每人花上一百天，將你們折磨至死。」

軼事

魯諾拉達家族的老大巴爾托羅．魯諾拉達麾下，有一支隨時由十二人組成的護衛隊。該護衛隊分為三組，每組各四人，負責輪流保護巴爾托羅本人及其家人，因此無論何時都必定有一組沒有值班。

而當他們處於「非值班時段」，任誰都無法強制他們工作。

即便是主人巴爾托羅．魯諾拉達也一樣。

護衛隊之中的兩人，雙胞胎兄弟加百列和朱利亞諾在卡崔遭人誘拐時，正好就處於「非值班時段」，可是——

「巴爾托羅先生，可以請您將這份工作交給我和『另一個我』去處理嗎？」

「既然是卡爾崔里歐少爺的事情，理所當然應該由老子和『另一個老子』去辦了。」

語氣恭敬的加百列，和態度略嫌粗魯的朱利亞諾。

由於他們總是互稱對方「另一個我」和「另一個老子」，對話聽起來有些複雜，不過因為他們無時無刻不結伴行動，周圍的人們也幾乎都把他們「兩人當成一人」來看。

他們兩人是在魯諾拉達家族的長孫出生時分派到護衛隊，經常被指派去保護和照顧那位長孫，也就是卡爾崔里歐。

一開始，加百列和朱利亞諾都抱著「我們應該賭上性命保護的是巴爾托羅，而非其家人」這樣的想法。

然而，聽了護衛隊的老前輩說「包括其家人在內，全部都是巴爾托羅先生的一部分」之後，兩人便開始機械化地完成護衛工作。

兩人的想法有所轉變——是在十幾名暴徒當著才剛滿五歲的卡崔面前襲擊的時候。

⇔

幾年前

「……上頭明明交代過，要極盡所能避免在少爺面前殺人的，另一個我。」

「這也沒辦法啊，另一個老子。咱們已經很努力了啦，大概五秒鐘吧。」

加百列和朱利亞諾在卡爾崔里歐及其父親所乘坐的車子前方，喀嘰喀嘰地扭動脖子一邊交談。

在他們周圍，躺著一群已經斷氣的男人。

兩人身上濺滿敵人鮮血的模樣，簡直宛如自地獄爬出的惡鬼。

「……」

卡爾崔里歐的父親身為女婿，面對這場突如其來的襲擊和隨後上演的殺戮，嚇得說不出話來。

儘管如此，若是普通人目睹此景，大概會尖叫著在車裡縮成一團，相較之下，他已經算是相當有膽量了。

但是——卡爾崔里歐卻忽然打開車門走出來，用「天真無邪的笑容對那樣的兩人開口」：

「呃……嗯……加百列先生、朱利亞諾先生，謝謝你們！」

卡爾崔里歐的雙眼發亮，像是在看著報紙漫畫裡的英雄一樣。

短短的一句道謝。

天真孩童所說的那句話，和這個充斥鐵鏽味和深紅色液體的空間一點都不搭調。

可是，那句話卻深深撼動了兩人的心。

被喚作瘋狗，向來遭巴爾托羅之外的人以畏懼和厭惡的眼神對待的兩人。

目睹他們的暴行、嗅著硝煙和血腥味，那孩子毫不膽怯地坦率說出道謝的話。

兩人對那樣的卡崔感到無法置信，一時之間也愣住了——

「……少爺，你不怕嗎？」

任憑敵人濺在自己臉上的鮮血滴落，朱利亞諾握著槍，對卡爾崔里歐問道。

「？」

結果，卡爾崔里歐只是偏著頭，彷彿無法理解對方在說什麼東西恐怖。

見到孩子做出那種反應，雙胞胎彼此互望——

不久，用滿是鮮血的臉龐笑了出來。

不明白兩人為何要笑的卡爾崔里歐更加困惑了，他的父親則似乎覺得雙胞胎很詭異，拎起兒子的後頸，打算強行將他帶回車上。

但是，雙胞胎完全不把父親那樣的反應當一回事，他們同時單膝跪地，對卡爾崔里歐深深地低頭。

「卡爾崔里歐少爺，請容我們向您致歉。」

「過去，我們只把保護您當成一種義務『工作』。」

「從今以後，不只是巴爾托羅先生。」

「您也是老子和『另一個老子』所敬愛的主人。」

聽了雙胞胎輪流說道，卡爾崔里歐眼神發亮，他的父親則只是眉頭深鎖。

可是從那天起，魯諾拉達家族內便興起一則傳聞。

天真無邪的君主瞬間收服了兩隻瘋狗。

偉大的巴爾托羅．魯諾拉達的繼承者之爭，恐怕已成定局了。

這則傳聞不脛而走，更令卡爾崔里歐的父親露出複雜表情。

⇔

然後到了現在——

兩人儘管處於非值班時段，仍主動向巴爾托羅表明欲接下營救卡爾崔里歐的任務。

「……現在不是你們值班的時段，就連我也無權對你們下達『命令』。」

巴爾托羅淡淡地回答，加百列隨即開口：

「沒錯。可是……非值班時段只要不和魯諾拉達家族敵對，無論做什麼都會獲准……規定應該是這樣才對。」

「正是如此。」

見到巴爾托羅乾脆地點頭，朱利亞諾接著說：

「也就是說，現在的老子和『另一個老子』不是護衛，而是利用假日從事副業的『獵人』。」

「喔？」

「倘若巴爾托羅．魯諾拉達先生認同我們的能力，還請您務必雇用我和『另一個我』。」

巴爾托羅對講話做作的兩人，投以帶有威嚇感的目光之後——確認兩人心意已決，便嘆著氣回答：

「真是兩個裝模作樣的傢伙。」

「你們兩人的本業分明是獵人，護衛才是副業。」

⇔

於是，幾分鐘後——

兩名「獵人」被解放了。

他們是走狗。

抑或是瘋狗。

但是，無疑也是一流的狩獵者。

是互相驅趕獵物，對其咽喉伸出獠牙的獵人。

他們以能夠保護另一名「主人」為榮，滿心歡喜地哼著「狩獵之歌」。

他們配合機車引擎聲響起的歌聲，徹底磨亮了彼此的獠牙。

渾然不知在歌聲與機車，以及他們的殺意將要前往的那一頭，是什麼樣的混亂在等待他們。

最終章

無論如何

河川旁

「好了，我們到嘍！」

「太棒了！快把小船拿出來吧！」

「還剩下二十一分鐘又十三秒喔～」

一抵達河邊，完全當成自己是來露營的少年們個個興奮不已。連之前很想睡覺的人們，也全都跳起來踩進十二月的冰冷河水裡，明明不是恰妮卻呀哈呀哈地大喊，讓美樂蒂等部分冷靜的人們傻眼到只能苦笑著看著他們胡鬧。

另一方面，把貨車停在稍遠處的潘蜜拉和拉娜則是留在車上。

索妮和卡崔已經走下車斗，一起去找不良少年們嬉鬧了。那兩人只花了短短半天時間就變得非常要好，雖然年紀相差五歲以上，索妮看起來卻像是卡崔的朋友而非他的姊姊。

「所以，這、這下該怎麼辦？要帶著索妮逃走嗎？」

「這麼一來，留下來的那群強盜孩子肯定會被當成誘拐犯。」

「……妳不打算那麼做嗎？」

「我還在猶豫。如果他們是不相干的普通人就另當別論，但既然是列車強盜，他們和我們就是一丘之貉。不過，他們並沒有妨礙我們……所以我還在想要怎麼做……等一下。」

潘蜜拉突然沉默下來，打開車窗豎起耳朵。

「怎、怎麼了，潘蜜拉？」

「剛才……我好像聽到有人在哀號……」

⇔

「嗯……好像有人來了耶。大概是哀號聲被聽見了吧。」

剛說完，雙胞胎之一便朝著自己拷問的男人們的腹部使出一記重拳，使其瞬間陷入昏迷。

他中途停止拷問，將兩人藏在位於遠處的車子陰影後面，自己則躲在樹後確認朝這邊走近的人影。

然後，出現在提高警戒的他面前的是——

感覺和軍服男子們毫無關聯的兩名年輕女子。

◇

兩人下了車觀察森林裡面，結果在貨車的上方——通往鐵橋的上坡途中，看見某個像是褪色布料的物體。

察覺那是帳篷的一部分，兩人開始緩緩地沿著樹林間的坡道往上爬——

結果在從下方看不見的位置，發現有幾輛車子停在那裡。

「這是……什麼啊？」

潘蜜拉環視四周，卻已經聽不見疑似哀號的聲音。

那不是露營用的帳篷，而是以鋼骨搭出低矮屋頂的大型軍用帳篷。

布製的屋頂下方，擺了折疊式的桌子和幾張椅子，桌上則攤放著像是詳細密碼表的紙張。

車上有無線電，不管怎麼看，都不像是普通人在這裡露營或賞鳥。

「……是血……？」

兩人在帳篷一隅發現血跡，背脊頓時竄過一陣寒意。

拉娜怕到眼鏡止不住抖動，用力握住潘蜜拉的手。

「是、是那傢伙……！是那個……巨大黑影幹的啦……！」

潘蜜拉雖然很想否定拉娜的話，可是現場有這些設備卻不見人影，只留下斑斑血跡。

在這種情況下，即便不是拉娜，會認為有某種魔物般的物體存在也是在所難免。

「……拉娜，我們先回去吧。我擔心大家的安危。」

「說、說得也是……不過，那個巨大的影子……不曉得索妮的槍對它管不管用……咦？」

拉娜將視線從血跡移開——發現有個模樣古怪的東西，被擺在帳篷另一側的角落。

那是一個白色的圓筒狀物體，鼓起的前端裝了插銷。

「是手榴彈！」

拉娜情不自禁將它拿起來，雙眼發亮地轉身面向潘蜜拉。

「有了這個，就算那個巨大影子來了說不定也能打倒它！真是太棒了！」

對著得意地豎起大拇指的搭檔，潘蜜拉露出打從心底感到疲倦的表情——

她沒有繼續理會拉娜，也沒有責備拉娜偷了手榴彈，就這麼一邊警戒四周，一邊返回來時路。

「回去吧，我擔心卡崔和索妮的安危。」

算準兩人已走下坡道，一名男子這才從樹叢後方探出頭。

「……那兩個女人……剛才好像提到了卡爾崔里歐少爺的暱稱……」

男人猶豫片刻後，決定無聲無息地跟在女人們身後。

◇

河邊

不良少年們將小船停放在湖岸邊之後，便把腳泡在隆冬的河水裡，一副不知寒冷為何物似地嬉鬧著。

卡崔則是不想把褲子弄濕讓自己受寒，待在岸邊開心地看著不良少年們。

但是，一名少年不小心滑倒，整個人摔進了河裡。

「唔喔！……好、好冷啊啊啊啊啊！」

「呀哈！」「呀哈！」

「呀哈什麼東西啦！我問妳們，看到我冷成這樣是有什麼好呀哈的？可惡！奇、奇怪，鞋子，我的鞋子跑哪去了？」

對恰妮二人發火之後，寒意並沒有立即讓少年的情緒冷卻下來。

他脫下來放在河邊的鞋子好像被沖走了，仔細一瞧，才發現鞋子被卡在距離這裡相當下游的岸邊。

他一邊坐上附近的小船，一邊對正在湖岸邊穿鞋的幾個人大喊：

「喂～毛毯！我去拿一下鞋子！誰來幫我把貨車上的毛毯拿過來！我、我快冷死啦！」

少年邊打著噴嚏邊嚷嚷著，卻幾乎沒有人在聽他說什麼。又或者就算有在聽，也只是冷淡地笑著說「自己去拿啦」。

可是，卡崔聽到少年的吶喊後，卻不知為何滿臉歡欣地高聲回應：

「我去拿！」

「喔喔，抱歉啊！麻煩你了！」

不良少年們輕易就將才剛認識，而且似乎正遭到誘拐（而且他本人並未察覺這個事實）的少年當成小弟使喚。

可是他們並無惡意，就只是很單純地讓卡崔融入自己的團體之中。

這種「自然的態度」對卡崔而言很新鮮。

雖然至今不曾受過這種對待，但是他並不因此感到煩躁。

這是因為，這正是他內心深處一直想要追求的。

少年甚至不明白自己的情緒為何如此亢奮，只是很高興自己被剛認識的年長少年們當成同伴，笑容滿面地鑽進貨車的車斗。

然後，少年依舊帶著笑容——

在應該空無一人的貨車裡，和「牠」碰面了。

⇔

庫奇再次從深層睡眠之中，被拉回到淺層睡眠。

也許是因為在搖來晃去的車內，持續聽著少年少女的喧嚷聲，讓「牠」回憶起馬戲團時代的興奮感，於是體溫又開始上升了吧。

當喧囂結束，庫奇即將再度進入夢鄉時，「牠」忽然感覺到有人在搖晃自己的背，便在半夢半醒間緩緩抬頭。結果，當「牠」從毛毯堆中探頭，望向背後時——見到了一名少年。

⇔

熊。

連被當成籠中鳥養育長大的卡崔，也能理解那是一頭熊。

儘管「牠」與眾不同，體型比一般灰熊還要大上一、兩號，但卡崔恐怕無法理解那麼多吧。

可是，那是熊。

徹徹底底的熊。

令人震懾的灰熊。

震撼到簡直讓人想哭的灰熊。

眼前的狀況，用這樣的形容詞來表現再恰當不過。

未滿十歲的少年的小臉蛋，和光直徑就是少年三倍大的毛茸茸臉龐，鼻尖對鼻尖地彼此相對。

如果是心臟不好的人，就算當場休克死亡也不奇怪。即便免於休克死亡，大概也會因為別的理由被迫做好死亡的心理準備。

但是——少年有著兩份幸運。

一是那頭熊「非常親人」，不把人當成食物。

另一個是——少年說到底，「終究是魯諾拉達的孫子」。

「好棒喔！我還是第一次見到！」

卡崔一邊這麼說，一邊「來回撫摸熊的臉頰」。

看在常人眼裡，恐怕任誰都會覺得這種行為很異常。

可能有人會說，卡崔是因為太過天真又無知才會那麼做。畢竟此刻坐在少年眼前的，是一頭擁有尖牙利爪、體型比人類大超過一倍的生物。

然而，少年卻完全不害怕那份懾人的「野獸氣勢」，像是對待養了好多年的狗或貓一樣，溫柔地撫摸「牠」的毛髮。

「太棒了！這就是……這就是『外面』啊……！」

年幼的卡崔被莫名的感動所包圍，真情流露地說。

「外面」這個詞雖然曖昧不明，不過對於一個初次在外自由走動的幼小少年來說，能夠這麼說已經是盡了他最大的努力了。

另一方面，庫奇則似乎對於少年喜悅的語氣感到安心，用自己的鼻子頂了頂少年的臉頰。

「啊哈哈，好癢喔。」

眼前這名對自己毫無戒心的少年，令庫奇回想起紅髮少年的臉龐。

一面暗暗回憶懷念的時光，灰熊持續觀察少年的臉龐。

卡崔為眼前出現的生物興奮了好一會兒，這才忽然想起自己來這裡的目的，於是急忙抓起毛毯對熊說：

「對了，抱歉喔，我得拿毛毯去給別人！熊先生，我們待會見！」

熊雖然一副落寞地歪著頭，卻沒有硬是將少年留下來。

──太棒了！能夠跟許多人成為朋友……又見到真正的熊！

可能是在巴爾托羅這個威嚇感的化身之下長大的關係吧。

對於「害怕」這件事非常遲鈍的少年，懷著因為與熊進行奇蹟般交流而感動的心情，下了貨車跑向河邊。

然後──在那名天真爛漫的少年身上，又再次發生意想不到的狀況。

從貨車前往河邊的短暫距離。

少年抱著毛毯，正準備出聲呼喚少年們時──

話語卻被突然扣住他脖子的手臂給打斷。

接著，下個瞬間──

河邊的森林裡響起不相稱的槍聲。

⇔

「怎麼回事？」「呀哈？」「呀哈～」

槍聲突如其來地響起，河川周邊的人們同時回頭。

「……喂，那些人是誰？」

「是不是在木屋昏倒的那兩個人的朋友啊？」

「你們幾個，現在不是討論那種事情的時候吧！」

仔細一瞧，那裡出現了五、六名身穿軍服的男人，而且每個人手裡都有槍。剛才的槍聲似乎是其中一人朝地面射擊，只見其中一把槍的槍口飄散出新鮮的煙霧。

然而，令少年們訝異的既非槍枝，也不是軍服集團本身——

而是卡崔被貌似他們中心人物的男人抓住了。

「好了……總之，有句話我先說在前頭。」

那個語氣冷靜的男人，用左手牢牢扣住卡崔的脖子。不僅如此，男人空著的右手裡還握著一把刀，就這麼將白晃晃的刀子抵住卡崔的咽喉。

「胡鬧就到此為止了，小鬼們。」

沒有怒吼，薩傑斯用響亮的聲音高聲對少年們說。

「幽靈」的成員們姑且在河川旁觀望了一陣子，見到其中感覺最年幼的少年落單，便趁機成功將他押為人質。

接著就開始對少年們進行「盤問」。

「你們……究竟是什麼人？」

聽到薩傑斯語氣平和地這麼問，少年們顯然驚慌失措。

「嗄……等等！我們才想問你們是誰哩！」

「喂……他們看起來像軍人耶……該不會是搶劫貨物的事情東窗事發了吧……」

「這、這下怎麼辦？」

不理會小聲交談的少年們——儘管美樂蒂依舊是一臉睡眼惺忪，而且感覺相當害怕，仍坐在小船上以清亮的說話聲開口回應：

「那、那個……我們只是來為溯溪進行場勘而已！我們並沒有做什麼虧心事，也不打算干擾各位軍人的訓練，所以……可以請你們放了那孩子嗎？」

「喔……沒做虧心事是嗎？」

似乎是領導人的軍服男子咯咯發笑，搖頭回應：

「既然如此，關於我們的同伴昏倒在那輛破舊貨車的車斗上一事，妳要怎麼解釋？」

「那輛貨車的車主不是我們……而且那兩位大叔是自己昏倒在這片森林前方的木屋旁！車主說想讓他們接觸一下河邊的空氣，如果這樣還是沒醒來，就會帶他們去醫院！」

見到美樂蒂說話的語調和平時截然不同，少年們面面相覷、小聲議論：

「沒想到美樂蒂那傢伙居然有辦法這麼大大方方地回應。」

「畢竟她以前是靠著裝可憐騙錢和當扒手維生嘛……」

「但話說回來，那些傢伙到底是誰？我沒聽說這裡是國民警衛隊的訓練場啊。」

「不管怎樣，對方身上可是有槍。還是別惹他們生氣吧。」

不良集團誤以為對方是真正的軍人，決定按兵不動，以免滋事——

「哎呀呀，你們以為這麼說就可以蒙混過去嗎？要是不老實招來，可別怪我把這小子的鼻子削掉喔？」

「嗯～嗯————」

然而聽到軍人那番冷酷的發言，又見到卡崔被勒住喉嚨、發不出聲音的模樣，少年們開始大聲抗議：

「等一下！你們不是軍人嗎？保護國民應該是你們的工作才對呀！」

「再說，如果是我們也就算了，你們怎麼可以欺負那麼小的孩子！」

少年們的噓聲四起。

「你們還想裝傻是嗎？世上有哪個笨蛋會乖乖聽話釋放人質的？不過也對，這個狀況看起來好像也不需要人質。我們就算當場射殺你們所有人也無所謂喔？」

見到薩傑斯露出殘虐的笑意，這時，遲鈍的少年們終於發現了。

發現眼前的這幾個男人並非軍人——而是更加危險、卑劣的存在。

⇔

「怎、怎麼辦啊，潘蜜拉！那些軍人感覺不是什麼好東西耶！」

「拉娜，妳安靜一點，會被發現的。」

走下坡道的潘蜜拉和拉娜，從略高的位置觀望河灘的情況。

幸好晚回來一步，軍服男子們並未察覺她們。

雖然就這個狀況來看，她們要自行逃離並非不可行——

「怎麼辦……再這樣下去，卡崔會……」

「……最壞的情況就是由我來當誘餌，設法讓卡崔一人脫困……」

不過，她們心中似乎並沒有拋下卡崔逃跑這個選項。

「……總之就賭一賭吧。只要我能夠回去貨車那裡，就能從車斗把槍拿出來，到時應該就有辦法……」

「勸妳們最好別衝動。」

「「！」」

突然從背後傳來的說話聲，讓潘蜜拉和拉娜全身毛髮倒豎，猛地回頭。

她們原以為是軍服男子的同伴埋伏在後——

豈料在那裡的，竟是一名打扮和河畔森林十分不搭調的青年。

「那幾個男人看起來開槍經驗豐富……不是外行人發動槍戰就能打贏的對手。」

青年穿著一身黑衣，說話態度十分客氣。

潘蜜拉二人在他接近之前完全沒發現他的存在，而且從他客氣的言談之中，可以感受到比軍服男子們更強烈的威嚇感。

然後——在聽了接下來的話後，潘蜜拉和拉娜頓時明白那個男人絕對不是自己的盟友。

「況且，將少爺平安救出不是妳們——而是我和『另一個我』被賦予的職責。」

雖然他對自己的稱呼有些古怪，不過眼前的男人無疑是魯諾拉達家族的相關人士。

「噫……」「不可以。」

眼見拉娜渾身發抖，把手伸向剛才取得的手榴彈，潘蜜拉立刻阻止了她。

黑衣男一副眼裡已經沒有她們兩人似的，邊觀察狀況邊喃喃自語：

「要是有什麼契機出現，就能一口氣展開行動了……喔？」

大概是看見什麼了，黑衣男露出詫異的表情又說了一句：

「那是……什麼啊？」

⇔

「回答我！你們是怎麼弄昏我們的同伴？」

確信自己一行人佔有無可動搖的優勢，薩傑斯露出嗜虐的笑容，高聲質問。

——哼哼，看來他們果然只是一群普通的小混混。

——負責偵察的兩人為什麼會被這種人打倒呢……

——雖然交涉部隊的第一個人沒有回來這件事令人掛心……但不管怎樣，我看還是姑且先將這群傢伙解決掉一半比較好。畢竟對手人數太多總是教人不放心。

如此心想的他，原本準備命令部下們「將一半的小鬼殺掉」——卻忽然感應到有些不對勁，便收起笑容停止動作。

——……？

——……怎麼搞的？

怪異感的來源是視線。

少年們的臉色還是和剛才一樣蒼白——

但是視線的方向，卻稍微偏離了薩傑斯等人的位置。

——這些傢伙……在看哪裡……？

當他開始移動視線，想要查明怪異感的來源時，那群少年之中的幾個人開口了。

「呃，關於打倒你們同伴的人……那個……」

然後，薩傑斯的視線往貨車的方向移動——

「我想……大概是『那傢伙』。」

「那個」的身影，強制闖入薩傑斯等人的視野。

以雙腳站立、徹底將身體伸展開來的「牠」，頭部超過了貨車棚架的高度。

——這……這是……什麼玩意兒？

——我現在……究竟看到了什麼……？

讓人以為這是某種玩笑的巨大身軀——

在如同玩笑一般的時間點，出現在薩傑斯等人面前。

⇔

「啊、啊啊啊啊啊！那傢伙！剛才出現在我眼前的就是那傢伙啦！」

拉娜一邊喊叫，一邊用力搖晃潘蜜拉的肩膀。

闖入了荒唐的存在，令潘蜜拉失神了幾秒鐘——

但她的意識因搖晃而清醒過來，她隨即用雙手扣住拉娜的腦袋，將自己的額頭貼在對方的額頭上，抽搐著太陽穴說道：

「……什麼『巨大的某個東西』，那分明就是一頭灰熊！」

「在一片昏暗中，『牠』就是『巨大的某個東西』嘛！」

聽著愚蠢的回答，潘蜜拉對剛才制止自己的黑衣人問道：

「你究竟打算怎麼做……奇怪？」

然而——那時黑衣男已經從兩人身旁消失了。

⇔

——這是哪門子的玩笑？

對薩傑斯以外的「幽靈」成員而言，那件事同樣也是徹底地出乎意料。

當面對真正「出乎意料」的事態時，許多人的腦袋都會瞬間空白。

因為需要時間來平定混亂的思緒，然後將眼前的景象和現實進行對照，再盤算接下來要採取何種行動。

假使一開始就是為了消滅怪物而來，大概就不會產生那段空白，而能夠立即扣下手中的步槍或衝鋒槍的扳機吧。

或許也會察覺到，灰熊的體型應該要再小一號才是正常的尺寸。

可是他們，就連身為「幽靈」一員應該接受過訓練的他們——在那個巨大到離譜的存在面前，也不得不產生空白的時間。

但話說回來，他們其實並非專精戰鬥的成員，而是被選出來和政府交涉的人員。

只不過——列車上的多數成員在見到「紅色怪物」時，腦袋也幾乎是一片空白就是了。

僅僅數秒的空白。

即便短暫，仍堪稱致命的幾秒鐘。

至少，對他們而言算得上是一段致命的時間。

因為他們遭到介意槍聲的熊，以及比誰都早一步從空白中回神的「第三者」夾擊。

庫奇本身並非懷著殺意來到外面。

是因為少年一離開貨車，「牠」就聽見那個「討厭的聲音（槍聲）」，才會探頭出來確認聲音的來源。

結果，「牠」見到外面有好幾個男人拿著會發出那個「討厭的聲音」的道具，看樣子，就是他們打斷了少年們的歡聲笑語。

庫奇或許確信那個道具是一切的元凶，才會——單純只是想從男人們的手中將其拍掉。

至少比起憎恨，「牠」所採取的行動更像是出於對「討厭的聲音」的害怕。

但是，巨大灰熊「為了拍落而使出的一擊」——

對普通人來說，和被捲入龍捲風沒有兩樣。

才見到槍高高地彈飛至空中，槍的主人也朝稍微不同的方向飛了出去。

大概連慘叫都來不及就昏倒了吧，那人沉默地在空中飛了數公尺——最後就這麼背部朝下摔在河灘的地面上。

雖然好像沒有死，不過顯然已經陷入昏迷。

單單一擊，就讓持槍的一人失去戰鬥能力。

那個事實化為恐懼，襲向「幽靈」們，並且成為強制將他們從空白時間拉回到現實的引爆劑。

可是，太遲了。

見了大得驚人的灰熊也幾乎不為所動的人，早就已經來到他們身後。

「你……你要做什……麼……唔……」

依舊扣住卡崔脖子的薩傑斯，原本想要命令周圍的部下開槍，可是還來不及開口，背後傳來的呻吟聲和──「從森林深處傳來的引擎聲」，就令他的心再度凍結。

當所有人的注意力都集中在巨大灰熊身上時──雙胞胎之一的男子已經和先前一樣，將「幽靈」的其中兩名隊員擊昏。

不僅如此──雙胞胎的另一人也正好在這時騎著機車現身。

在機車置物架上的木箱裡面放有潘蜜拉二人的字條，另一名黑衣人闖進了河灘。

「啥……什麼……！」

薩傑斯一時無法理解眼前的事態，而就在下個瞬間，他握著刀子的手腕承受了巨大的壓力。

「嘎……啥……啊啊喔喔啊！」

他頓時明白自己的右手腕被某人抓住了。

可是，就在他扭轉身體想要看清那人的真面目時，忽然無法掌握自己和地面、天空、右臂，那所有一切的位置關係。

才見到腳離開地面轉了一圈，他整個人就猛然摔落地面，伴隨著疼痛的撞擊力道貫穿全身。

「嘎……」

在扭曲的七彩景象中，薩傑斯見到一名黑衣男正在玩弄自己的刀子，而在其背後的，是自己在三秒鐘前所挾持的少年。黑衣男擋在那名少年前面，讓他遠離薩傑斯。

然後——黑衣男以帶有極大敬意的語氣，對背後的少年說：

「少爺，這裡很危險，請您退到河邊去。」

「加百列先生！」

被少年喚作加百列的男人，像是為了讓少年安心一般露出溫柔的微笑。

另一方面，騎乘機車的男人則是一邊環視周圍的狀況，一邊問道：

「這到底是什麼情況？另一個老子。」

「朱利亞諾先生！」

少年一呼喚他的名字，名叫朱利亞諾的男人便走下機車，將左手往旁邊一伸，像個管家似的恭敬行禮。

「真高興見到您平安無事，卡爾崔里歐少爺。」

看著這番悠哉的對話，薩傑斯注意到一件事。

已經沒有手持槍枝的「幽靈」成員。

儘管無法用肉眼確認，然而在他被打倒的前後，其他人似乎也都弄丟了身上的武器。一名同伴的手臂上插著刀，正在呻吟；另一名成員則似乎也遭到那頭灰熊攻擊，倒在和最初昏厥的男人相反的方向。

不僅如此，被喚作卡爾崔里歐的人質少年已在男人的催促下，回到河邊的少年們身邊，如今已無法再當成人質利用。

——怎麼會……怎麼會、怎麼會……！

灰熊大概對於現況姑且感到滿意吧，只見「牠」四腳著地，以趴姿蹲在原地，定睛望向河邊的少年們。

——這……究竟……是怎麼一回事……？

名叫朱利亞諾的男人，對腦筋一團混亂的薩傑斯淡淡地說：

「好了……老子不曉得你是打哪來的誰啦……不過，你該不會以為和魯諾拉達家族為敵，還能夠全身而退吧？嗄？」

「什……麼……？」

──他說魯諾拉達家族……？

這個突然冒出來的名字，令薩傑斯瞬間快要陷入混亂──但是他動員腦中所有的知識，自行引導出一個答案。

「原、原來如此……！巴爾托羅．魯諾拉達是『貝利亞姆上議院議員養的狗』……這麼說來，是他叫你們來收拾我們的……了……」

起初滿懷自信說出來的話，到了半途聲音卻開始變得微弱。

因為那瞬間，他從像是雙胞胎的男子們身上，感應到殺意般的龐大壓力。

「……這傢伙說的話挺有意思的耶，另一個老子。」

「就是啊，另一個我。」

「他剛才叫咱們親愛的家人也是大家長的巴爾托羅先生什麼來著？」

「別叫我說出口，另一個我。那幾個字光是聽見就是大不敬了。」

隨著兩人的口氣逐漸轉為冰冷，薩傑斯感覺到自己整個人臉色發青，沒了血色。

「既然這樣，要怎麼辦呢？另一個老子。」

「首先應該做的，當然是讓他再也無法說出不敬的話啦，另一個我。」

這番對話雖然像在開玩笑，可是兩人的語氣卻一點也不像在鬧著玩。

見到男人們步步進逼，薩傑斯確實感受到了絕望的滋味。

然而，狀況這時卻有了逆轉。

「不准動（Freeze）！」

伴隨著撕裂空氣的叫喊聲，「喀嚓」的槍枝上膛聲在周圍響起。

定睛一瞧，又有兩名身穿軍服的人現身，舉著槍對準了黑衣雙胞胎。

那兩人手裡都拿著舊式衝鋒槍，一邊警戒後面的灰熊，一邊緩緩地朝這邊走來。

「薩傑斯同志，你沒事吧？」

「這些傢伙是什麼人？」

潘蜜拉、拉娜，還有不良少年們，都對那兩人的長相有印象。

是剛才在木屋後面昏倒的那兩人。

「啊啊！那是我的槍耶！」

索妮不滿地發出抗議，聲音卻沒有傳進軍服男子們耳裡。

他們好像是在車斗上醒來，解開手腳的束縛後，便隨手拿起一旁的武器來到外面。

畢竟眼前有倒地的同伴們和那頭巨大灰熊，現在可不是在意身上殘留的疼痛的時候，他們兩人立刻就加入戰局。

另一方面，雙胞胎們並不覺得自己面臨生命危機，反而是對別的事情起了擔憂，彼此小聲地竊竊私語：

「看來這兩個人也只能除掉了，另一個我。」

「可是上頭有交代，在少爺滿十三歲之前，要盡可能避免在他面前『殺人』。」

「話雖如此，但既然之前已經讓少爺見過一次了……而且要是猶豫不決的話，流彈說不定會飛到少爺那裡去喔，另一個我。」

「……哎呀，這可真是傷腦筋呢，另一個老子。」

⇔

「對、對了！現在正是好機會！」

潘蜜拉和拉娜觀望著又再度陷入緊張情勢的現場——

拉娜突然兩眼發亮，從懷裡取出某樣東西。

「怎、怎麼了？」

「既然卡崔離得很遠，那麼就可以趁現在將那些傢伙、魯諾拉達的人，還有那頭大熊一網打盡了！」

話才說完，拉娜就將手裡的白色手榴彈的插銷拔掉。

「咦？等、等一下啦，拉娜！」

——要是那麼做，我們會徹底和魯諾拉達為敵——

可是，企圖阻止的她卻晚了一步——

像是白色手榴彈的物體，已經被拉娜用力扔了出去。

⇔

幾名好像還能動的軍服男子站起來，開始撿拾自己掉落在地的槍枝。

「呵、呵呵，果然是走狗手下的走狗。看來你們似乎不夠謹慎啊？」

薩傑斯一副情勢又再度逆轉地站起身，帶著嗜虐的笑意準備破口大罵。

然而——

狀況又有了第三次逆轉。

喀唧！喀唧！喀啦喀啦喀啦——

一個白色筒狀物不知從哪裡飛過來，發出清脆聲響掉落在騷動的中心。

然後——薩傑斯對那個物體很熟悉。

因為就某方面而言，那是堪稱此次作戰計畫中最重要的東西。

——怎麼會？

——為什麼「狼煙信號彈」會在這——

甚至還來不及將心中的疑問句說完——

大量煙霧便在他的眼前湧現。

⇔

「喂喂喂，等一下，這究竟是什麼情況啊？」

「一下是熊，一下又是槍的……話說回來，原來這附近有熊出沒嗎？」

「欸，這下我們要怎麼辦啊？」

「不管怎樣，從剛才的槍聲到現在只過了兩百八十三秒喔～」

「呃，那種事情不重要吧……」

「呀哈……」「呀哈……」

以美樂蒂為首的不良集團只能以旁觀者的身分，觀望眼前所發生的、令人眼花繚亂的情勢變化。

「不過……那個煙霧量還真驚人啊……」

「搞不好比妮絲大姊的煙霧彈還猛哩。」

拉娜所扔出去的，是「幽靈」們用來向列車傳達交涉結果的狼煙信號彈。雖然是修伊．拉弗雷特出於興趣所製作出來的物品，不過威力驚人，白煙以輕微爆炸之勢覆蓋四周。

白色牆壁以薩傑斯為中心支配了整個空間，使其身軀高高地躍入空中。

──等、等等！貝利亞姆並沒有接受要求……！

他心中的吶喊已是於事無補。

煙霧像是在慶祝自己的誕生一般，被猛地吸入星斗逐漸消逝的天空。

不過話說回來──

狼煙什麼的，對現在的「飛翔禁酒坊號」的車內也已是毫無意義了。

狀況混亂。

庫奇本來就不明白現在是什麼情況，也一點都不感興趣，但是見到猛然湧現的煙霧後，牠倏地起身。

⇔

浮現在牠記憶中的，是馬戲團開幕，自己出現在客人面前時的景象。

穿越濃密的人造煙霧，背上載著紅髮少年的巨大灰熊從雲一般的煙霧中現身。

回想起那樣的表演——

庫奇開心地跳起來，衝進瀰漫擴散的煙霧之中。

⇔

「喂，這樣沒辦法開槍啊！會打到自己人的！」

「冷靜點！不管怎樣，我們先搶在那頭灰熊之前繞到另一邊……」

如此交談的，是借用索妮槍枝的那兩人——可是他們的對話卻半途中斷了。

還來不及重新舉起槍枝，巨大的毛團便從煙霧中衝出來——

灰熊朝著害怕到渾身僵硬的兩人，興高采烈地縱身一躍。

「「啊啊啊啊啊啊啊啊啊啊啊啊啊啊啊！」」

彷彿連同慘叫聲也一起壓扁般——他們體驗到與先前在木屋後方一模一樣的悲劇。

只不過，這次身體受到的傷害增加了三成。

⇔

潘蜜拉和拉娜戰戰兢兢地來到下方時，一切已經結束了。

雙胞胎黑衣人利用煙霧再度先發制人，將軍服男子們體無完膚地擊倒——一個又一個陷入昏迷的軍服男子堆疊在潘蜜拉和拉娜面前。

兩名雙胞胎男子的對話傳入緩緩走近的兩人耳裡。

「不過，這究竟是怎麼一回事啊，另一個老子？什麼把錢裝進箱子裡的，坦白說老子實在搞不懂耶。」

朱利亞諾淡淡地這麼問，結果加百列苦笑著回答：

「之後我再詳細說明吧，另一個我。因為我剛才大致拷問出他們的目的了。」

「嗯？他們的目的……不就是誘拐少爺嗎？另一個老子。」

「不，他們的目的好像是即將通過這裡的列車喔，另一個我。」

「嗄？」

朱利亞諾露出不解的表情，一邊粗魯地把昏倒的軍服男子扔在地上，一邊對加百列問道：

「這些傢伙不是誘拐犯嗎？另一個老子。」

「嗯……這很難說喔，另一個我。畢竟打電話來的人聽說是女性。」

一面這麼說，加百列泛起微笑，轉身望向背後的潘蜜拉二人。

「噫！」

——糟糕。

——該不會……被發現了吧？

黑衣人的笑容反而讓人覺得恐怖，潘蜜拉雖然早已做好心理準備，還是害怕到不由得雙腿發軟。

儘管如此，她仍面不改色地與其相對——結果在她開口之前，朱利亞諾就扭響脖子，並對兩人說道：

「喔，小姐們，妳們剛才的煙霧真是幫了好大的忙呢。你說對吧，另一個老子？」

「就是啊，真的幫了很大的忙。啊對了，另一個我，既然這裡已經沒有敵人了，是時候該去接少爺了。」

「喔，也對。」

目送搭檔跑向在河邊憂心忡忡地觀望這邊的少年們，加百列靜靜地面向潘蜜拉二人。

「好了……妳們到底是什麼人？感覺妳們應該不只是碰巧路過這裡而已。」

——好了，這下有辦法順利蒙混過去嗎？

——這無疑是一生僅有一次的大賭注啊。

潘蜜拉下定決心，抱著最壞時由自己一人承擔責任的打算，大口吸氣——

然而她還沒開口，拉娜就先哭喪著臉開始道歉了。

「對不起……對不起！都是我！是我想要誘拐坐上貨車車斗的卡崔！」

「喂……！拉、拉娜！」

可能是承受不了對方釋放出來的壓力吧，見到拉娜坦承罪行，潘蜜拉頓時目瞪口呆，連事先準備好的藉口也全都從腦中消失了。

拉娜滔滔不絕地說出原委，卻完全沒有提及潘蜜拉和索妮的名字。

「可、可是，其他人什麼都不知道！而且打電話的也是我，所、所以，那個……如果要報警的話，請抓我一人就好！」

——什麼報警啊，笨蛋！

壓抑住想要大喊的衝動，潘蜜拉偷偷窺視加百列的表情。

結果見到黑衣男咯咯發笑，用殷勤有禮的態度回應：

「小姐，妳好像誤會了喔。」

「咦……？」

「我們接到的電話是要我們『不准報警』。而且……偉大的主人也跟我們說『犯人交由你們全權處置』。」

「也、也就是說……？」

「也就是說，我們現在可以在這裡任意處置犯人。」

「噫噫！」

為了保護嚇得發抖的拉娜，潘蜜拉擋在兩人中間。

「……你想對我們做什麼？」

結果加百列笑嘻嘻地說：

「妳問我想做什麼啊……對了。」

加百列從自己的腰際取出錢包，窺視零錢格。

「妳們說過，贖金是有多少錢就拿多少出來，對吧？」

然後，從原以為已經空了的錢包縫隙中找到五十分硬幣，將它扔到拉娜手裡。

「這就是我現在『能夠拿出來』的金額。有什麼不滿嗎？」

拉娜接到硬幣後一時愣住——之後大概是總算理解狀況了，於是急忙搖頭回答：

「沒沒沒、沒那回事！夠了，這樣就夠了！」

「那麼，這筆交易就算成立了……這件事我們彼此都要保密喔？因為要是被人知道我將少爺的價格訂為五十分，我會被人花上一千天殺掉的。」

這番話感覺像在開玩笑，可是見到男人眼中的冰冷，兩人瞬間明白他是認真的。

潘蜜拉代替渾身打顫的拉娜，狐疑地問道：

「……意思是，你願意放過我們？為什麼……？」

「我以我個人的方式，向為了區區五十分硬幣與魯諾拉達家族為敵的偉大犯人們致敬。妳們只要想成是這樣就好。再說，我也很感謝妳們剛才用煙霧幫忙掩護，避免讓少爺見到無謂的流血場面。」

嘻嘻笑了一會後——加百列面朝二人輕聲地說：

「只不過，『下次要是再得意忘形』……妳們應該知道會有什麼下場吧？」

見到他微笑的眼神比冰塊更加冷酷，拉娜和潘蜜拉感覺到冰冷銳利的「某個東西」竄過自己的背脊。

一邊心想那恐怕是真正的殺氣吧，兩人被迫體認到對方所說的話絕非戲言。

扶著臉色慘白、一副快要暈倒的拉娜，潘蜜拉鼓起所有勇氣，對初次見面的追擊者開口：

「……謝謝你，感激不盡。」

「沒什麼，彼此彼此。」

「咦？」

這時的加百列已將視線別開，望著被朱利亞諾帶著朝這邊奔來的少年。

「因為妳們讓我見到了，少爺許久沒有展露的開懷笑容。」

當加百列走向卡崔的同時，索妮也跑過來想從軍服男子們手中收回自己的槍。見到拉娜臉色蒼白、不停發抖，索妮一臉納悶地歪著頭。

「怎麼了？潘蜜拉、拉娜。啊，妳們又吵架了？真是的～這樣不行啦。」

潘蜜拉強打起精神，對一派悠哉的索妮堆起笑容。

「抱歉、抱歉，索妮妳放心，我們沒有吵架啦。」

潘蜜拉一邊這麼回答，一邊拍了拍拉娜的肩膀。

拉娜在拍打的力道之下有些踉蹌，仍用蒼白的臉孔淚汪汪地笑著說：

「我真想好好誇獎沒有暈倒的自己。快，快稱讚我。」

「是是是，好棒好棒，妳真是太棒了，拉娜。」

「妳好棒喔～」

索妮也微笑著想要加入兩人的對話——

可是下一刻，她的微笑就朝向了別的方向。

「啊，是剛才那頭大熊。」

見到語氣天真無邪的她所指著的——是一頭從煙幕後方現身的灰熊——

這一次，拉娜的意識真正墜落到了地獄深處。

⇔

「少爺，您沒事吧？」

加百列走近後出聲關切，結果卡崔一副無精打采地低下頭來。

「嗯？您怎麼了？」

「那個……抱歉讓你們擔心了……」

見到少年的態度像是打從心底認真地在反省，加百列微笑著回應：

「該對少爺生氣不是我們，而是少爺的家人。我們如果要勸誡少爺，大概只會在您不理會家人所言的時候吧。」

繼他之後，朱利亞諾也一改平時粗魯的口吻說道：

「只不過，您最好做好心理準備，回家之後會被『狠狠』教訓一頓。」

「……是。」

對著依舊一臉內疚地低著頭的少年，加百列平心靜氣地問：

「少爺，您覺得這次的體驗值得您付出代價嗎？」

結果，卡崔的表情立刻亮起來，用力點頭回答：

「嗯！我這輩子都不會忘記今天的事情！」

「那真是太好了。那麼，我們回去吧。我來安排車子，您有什麼行李要帶嗎？」

雖然覺得離家出走的少年身上應該沒有大件行李，加百列還是姑且這麼問。

結果就見到卡崔有些「扭捏地」開口：

「那個，我可以……提出一個請求嗎？」

「只要是我們辦得到的事，您都儘管吩咐。」

「我想帶一個朋友回家。」

「哎呀，好大膽的發言。」

這個出人意表的請求令人瞪大雙眼，加百列回想周圍的少年少女們。

——是雙馬尾女孩？戴眼鏡的東方人？還是三名誘拐犯之中的誰嗎？應該不會是男孩子吧。

正當他在腦中做出各種猜測時，少年伸手指向了——

從依然持續膨發的煙幕後方，慢吞吞地朝這邊走來的一頭巨大灰熊。

「我們剛才成為朋友了喔！因為大家都說不認識這位熊先生，所以那個，我可以把熊先生帶回家養嗎？」

多麼胡鬧又純真。

少年用和撿到小狗時一樣的態度，指著一般只會被當成恐懼對象的巨大灰熊這麼說。

然而，兩名雙胞胎黑衣人卻只互望了一眼，便不假思索地報以微笑——

「悉聽尊便。」

對未來的當家恭敬地行禮。

⇔

就在熊與雙胞胎對峙，少年們讓船浮在河面上時——

一艘離岸邊有段距離的小船上，一名頭破血流的男人正在大口喘氣。

「可惡……殺死你們……我要殺死你們所有人……！」

勉強逃離雙胞胎和灰熊魔爪的薩傑斯。

殘留在他心中的情感，在某種意義上或許可以說是復仇。

身為「幽靈」一員，被古斯所賦予的使命。

他沒能將其完成。

使命被剝奪了。

於是，他將復仇的矛頭指向出現在他視野中的所有生物。

狼煙已經升起。

事到如今，已無法確認貝利亞姆上議院議員是否接受交易，一切都束手無策。

列車內的計畫有可能會因此大亂。這麼一來，「幽靈」的計畫將不會成功。

在開始泛白的天空下，列車接近的聲音傳來。

——完了。一切都完了。

薩傑斯坐在以防萬一而事先準備好的逃生艇上，靜靜地讓殺意不斷膨脹擴大。

——我要殺死你們。都是這些傢伙……這些莫名其妙的傢伙害的……！

他靜靜地舉起手裡的衝鋒槍的槍口，對準河岸上的身影和漂浮於下游的船隻。

完全沒有姿勢可言，就只是為了射擊而舉槍。

雖然不知道能夠發揮多少準確度，但是現在的他沒辦法做出那麼冷靜的判斷。

不過，考慮到發射出來的子彈數量，最後應該至少可以貫穿幾個人的身體吧。

薩傑斯像是要解放自己壓抑已久的衝動一般，在扳機上施力——

卻在扣下扳機的前一刻，停止了動作。

——怎、怎麼搞的……？

他感應到的，是和「方才相同的怪異感」。

強烈的怪異感凍結了他的衝動。

映在他眼中的那群可恨生物——

幾乎……除了讓船漂浮在下游的幾人之外，其他所有人，就連巨大的灰熊也包括在內，全都面朝這邊動也不動。

——怎……怎麼回事……？

——是……上面？

換算成時間，不過是僅僅一秒的間隔。

但是薩傑斯敏銳的感覺，瞬間便察覺到他們的視線。

他們在看橋上的列車？可是，如果是這樣，他們的表情也太奇怪了。

疑問使他恢復冷靜，薩傑斯將視線移向應該已被「幽靈」的夥伴們佔領的列車——

結果，黑色、紅色和膚色的絕景映入眼簾。

令人聯想到烏鴉的漆黑禮服。

任憑裙襬飛揚——一名肩膀受傷的黑髮女子，以輕巧的動作從列車上往河川跳下。

「夏……夏涅？」

薩傑斯忍不住高呼。

按照古斯的計畫，他們會在占領列車的期間找機會解決掉她。

照理說，薩傑斯應該要立即舉槍射殺她才對。

可是、但是，他的動作卻慢了一拍。

以布滿朝霞的天空和列車為背景，女人身手俐落地往下墜落。

那幅美豔絕倫的景象，令薩傑斯一時停下動作。

下個瞬間，影子覆蓋在他的頭頂上方。

如果那是夏涅的禮服所製造出來的影子倒還好——

然而出現在他上方的，卻是沉重無比的堅固木箱。

⇔

數百公尺下游處

「喔~掉下來了、掉下來了。只要把那玩意兒撿走就可以了吧？」

「什麼嘛，結果比美樂蒂預測的時間要提早好多。」

「話說，那輛列車的速度還真快啊。」

「除了煙囪外，感覺好像還有別的地方也在冒煙？」

「是你想太多了吧。」

不良少年們乘著小船，望著木箱接連從遠方的列車上落下。

「奇怪……？剛才好像還有一團黑黑的東西也掉下來了？」

「咦？」

「看起來好像是個穿禮服的女人……」

「是我妹妹！」「煩死了。」

「呀哈！」

彷彿先前那場騷動不存在似的，少年們之間上演著一如往常的對話。

而在幾分鐘之後——他們將與一個抓著木箱漂流過來的女人相遇。

渾然不知她接下來將會為他們帶來什麼樣的命運——

「喂！是女人！她果然是剛才從列車上跳下來的！」

「什麼……這個女人也是貨物嗎？」

「賈格西那小子，居然偷走了新娘！」

「喂！」「喂～！」「妳還好嗎？」

「呀哈！」「呀哈！」

無論有沒有察覺——

他們都一如既往地，以笑容接納了她。

⇔

列車通過的瞬間——

庫奇一面在意不知為何包夾自己的黑衣人們，一面注視著列車上的某個點。

在車廂側面滑行似地蠢動，有著人類外型的某個紅色物體。

那個紅色的「某樣東西」，感覺瞬間看向了這邊。

不知庫奇是否有察覺其身分——

牠以彷彿在懷念過去的聲音，在清晨的河面上響起了呼喚般的遠吠。

⇔

另一方面——

攀附在列車側面上移動的「某個紅色物體」，也見到了那頭巨大灰熊的身影。

一開始，青年以為只有貨物強盜少年們的同伴在讓小船漂浮於河面——結果不知為何，竟在那片河灘上見到一頭巨大灰熊朝向這邊站立著。

「……庫奇？」

青年擅自「確信」那頭灰熊是自己從前的同伴，開心地笑了。

而他那份任性的確信，竟也碰巧正確無誤。

「哈哈！」

瞬間忘卻此刻列車中的狀況，他回想起過去的景象。

──雖然不太明白怎麼回事……不過沒想到竟能在這種情況下和庫奇重逢……

──世上真有如此巧合的事情？

令人懷念的種種過往在腦海中浮現，「鐵路繪影者（Rail Tracer）」瞬間露出珂雷亞．史坦菲爾德的表情，輕輕地朝庫奇揮手，並且用力點頭。

「這個世界果然凡事都是順著我的意！」

軼事

飛翔禁酒坊號　二等車廂內

「好痛好痛好痛好痛！噫嗚啊！啊！嗚啊啊啊啊啊啊啊啊啊！」
賈格西．史普羅德發出窩囊的哀號，口吐白沫。
聽著如此慘絕人寰的尖叫聲，身穿灰衣的醫生邊治療他的腹部邊嘀咕：
「麻醉藥應該有發揮作用才對啊。」
「啊……我想大概是傷口的外觀讓他產生疼痛的錯覺了。」
「原來如此，真有意思。」

這裡是直到剛才還遭到黑衣恐怖分子們控制的空間——飛翔禁酒坊號的二等車廂。
這節車廂原本被和恐怖分子們不同夥的白衣殺人魔們佔領，不過現在那位「中間色」的灰色男人，正在為色彩繽紛的不良少年們的領導人進行治療。

「振作一點，你不是拯救這輛列車的英雄嗎？」

灰色醫生對眼前的不良少年，同時也是實質上救了這輛列車的「英雄」這麼說。他雖然也不清楚詳細經過，不過他知道，是不良少年們在黑衣恐怖分子和白衣殺人魔之間周旋，解放了這輛列車。

「嗚啊嗚嗚……我、我沒有那麼了不起啦……」

見到賈格西淚如雨下地回答灰色醫生，在一旁看著的妮絲苦笑著說：

「真是的，你要是繼續昏迷就不會這麼吵鬧了。」

事實上，賈格西直到剛才都昏迷不醒，是在進行最低限度的止血處置時才清醒過來。

而如今，他正處於邊哇哇大哭邊接受後續治療，這種稍嫌有失體面的狀況。

「妳、妳很過分耶，妮絲！」

灰色醫生對那樣的賈格西接著說：

「不過，你的運氣還真好。連擊中腹部的子彈，好像也都避開了重要器官。」

「真、真的嗎？」

「是啊。只不過，要是再晚個三分鐘治療，你恐怕就會死於失血過多吧。」

「死……！」

重新確認自己先前面臨了何種危機，賈格西再度昏了過去。

妮絲大大嘆口氣後，一臉不安地詢問醫生：

「醫生……賈格西他……」

「不用擔心，他的眼神告訴我他還想活下去。」

一面以精湛的技術進行治療，灰色醫生從布簾後方響起了模糊不清的笑聲。

「既然如此，讓這名少年活下去就是我的義務。我不知道他未來將會走上什麼樣的人生，不過即便他將成為稀世大壞蛋，我也會盡全力救活他。」

「……賈格西是英雄喔。」

「可是他本人似乎否認這一點。」

「對我……不，對我們來說他是英雄。」

妮絲對賈格西投以溫柔的微笑，繼續對醫生說：

「不過，姑且不論什麼英雄，他無疑也是我們重要的夥伴。」

「夥伴啊……那是個好東西，妳要好好珍惜。」

也許是有什麼心事吧，灰色醫生的語氣中摻雜了各種情感。

「從妳的口氣聽來，他似乎受到許多人的仰慕。」

宛如看透一切的魔術師，醫生對妮絲說出好比預言的話：

「他叫做賈格西是嗎？這名少年身上想必背負了許多人的命運，也被許多人將命運加諸在他身上吧。」

一邊仔細地纏繞繃帶，魔術師接著說下去：

「正因為如此，他只要一動，命運的波浪就會變大。因為人與人之間的連結，是足以攪動世間命運、比什麼都來得堅固的船槳。」

「……？」

魔術師對納悶的妮絲說：

「啊啊，抱歉講了好像占卜師會說的話。不過這並不是占卜或預言，我只是推測將來有可能會如此罷了。」

「……」

「這名少年一旦被捲入什麼事情之中，就會有許多人的人生隨之受到影響。而那個時候，他想必就算害怕也不會逃跑吧。」

魔術師的話讓妮絲無言以對。

他的話彷彿看透了她們的人生，又像是在為她們指路一般。

「無論是生是死，全都取決於這名少年。不過，與妳們之間的羈絆，是會成為將他拖入死亡的枷鎖，還是成為將他從死亡深淵拉上來的救生索……這一點誰也不知道。」

「請不要說那種危言聳聽的話……賈格西由我來守護。」

看著妮絲僅存的一隻眼睛散發出強烈意志的光芒，灰色魔術師在布簾的後方微微放鬆嘴角。

「這樣啊，那可真是教人放心呢。無論是妳、賈格西，還是其他同伴們，妳們只要還想活著就儘管活下去。然後，也要盡可能讓周圍的人產生想要活下去的念頭。」

不是妮絲，而像是對著遠方的某人——又或者是對失去過許多同伴的自己喃喃低語之後，魔術師靜靜地頷首。

「不過，最起碼……我絕對不會讓你們死在這裡。這一點我敢保證。」

「未來的命運全部掌控在你們自己手裡。我希望你們不只是彼此的，也能成為其他更多人的救生索。」

尾聲

自茶會返家的時鐘兔們

幾小時後　車內

在魯諾拉達家族安排的大型貨車的駕駛座上，熟睡的卡崔正發出規律的鼻息聲。

一切結束之後，警方的車輛來到現場，接連逮捕了無法行動的軍服男子們，而其中多數人都被直接送往警方所管理的醫院。

儘管奇蹟似地沒有出現死者，但是薩傑斯的傷勢似乎嚴重到得花上好幾個月甚至數年才能完全康復。

對如此血腥的結果一無所知——卡崔一臉滿足地進入夢鄉。

他將再次成為籠中鳥，暫時過著宛如沙漠的無趣人生。

可是，少年已經不再像從前一樣覺得痛苦了。

見識過外面的少年，照理說應該會比以往更加渴望外面的世界，然而他卻沒有那麼做。

因為他隱約理解到，等自己長大以後就能對那個外面做些什麼。

既然已經知道世上有名為外面的綠洲，而且那裡的水比想像中更加甜美，就能在無趣的沙漠之旅中懷抱希望。

這名過於單純的少年之後將被稱為「純潔的獨裁者」，成為在東部的幫派之間受人恐懼的人物，並且在各種意義上都傳出「豢養巨大怪物」的傳聞——

不過那又是另一個故事了。

⇔

破舊貨車內

「真是的，沒想到妳居然會在那個時候把一切招出來。」

「有什麼關係嘛！反正最後還是得救了啊！妳還不快誇獎我！」

一切結束之後——

簡單地向卡崔和不良少年們道別後，「消失兔」三人組便逃也似的開著破舊貨車離去。

沿著鐵路顛簸地行駛在道路上，潘蜜拉和拉娜又一如往常地鬥起嘴來。

「假如妳連自己把那個煙霧彈當成炸彈扔出去的事情也說出來，到時候我們真的會被塞進鐵桶沉入海底。」

「妳不覺得應該稱讚沒有把那件事說出來的我很聰明嗎？」

「是是是，好厲害好厲害，妳的頭腦簡直跟恐龍化石一樣珍貴。妳怎麼不乾脆跟恐龍一起消滅呢？」

「妳這傢伙！」

「不要吵架啦～」

到頭來還是沒察覺到事態有多緊迫的索妮，用一貫悠哉的態度對兩人勸架。

「放心啦～如果情況真的很危險，到時涅伊達一定會來救我們的。」

見到少女露出天真無邪的微笑這麼說，拉娜愕然地調侃起那個男人。

「又是涅伊達？可是至今我們好幾次遇到危機，妳口中的那位王子殿下都沒有來拯救我們啊。」

「涅伊達不是王子殿下，他是英雄喔？我跟他約好了。至今我們之所以能夠安然度過危機，一定都是涅伊達在暗中幫忙啦。」

索妮不滿地鼓起臉頰，回想比自己稍微年長的青梅竹馬的臉龐。

假使——假使索妮有在現場多逗留幾小時，她就能與青梅竹馬的青年重逢——然而一連串的巧合，並未如此幸運地發生在她身上。

之後，當拉娜持續好一陣子的抱怨終於告一段落，潘蜜拉這才握著方向盤開口：

「總之，妳就是想把錯都攬到自己身上，幫助我和索妮脫困對吧？」

「唔，什、什麼嘛，妳又要生氣了是嗎？妳又要罵我了對不對？」

雖然也可以罵她「妳少自作主張了」，不過潘蜜拉瞥了一眼拉娜充滿防備心的臉之後，還是苦笑著吐出真心話：

「那個，我想說的是……謝謝妳。雖然我覺得妳很傻，不過心裡還是有點開心。」

這番意外的發言，讓拉娜頓時僵住了——

但是她隨即漲紅了臉，一邊揮手一邊扯開嗓子嚷嚷：

「啥……妳居然……居然跟我道謝！拜、拜託不要這樣好不好！這樣感覺好像我是為了要妳道謝才那麼說的！才不是哩！我只是……只是一時衝動啦！」

「不要吵架了～」

車內氣氛又回到往常那般，潘蜜拉不經意地心想。

——持續尋找綠洲的沙漠兔啊。

回憶起自己先前想到的例子，潘蜜拉苦笑著望向拉娜和索妮。

——說不定，這兩個人就是我人生中最美好的綠洲。

沒有特別將這個想法說出口，潘蜜拉用力踩下油門。

幾分鐘後——她們將發現一名抱著大型狙擊槍倒在路上的男人，並且再度逐漸被捲入巨大的洪流之中——

不過那又是另一個故事了。

⇔

前往紐約的路上

一切結束之後，美樂蒂等人一路前往紐約。

回收完所有炸彈後，他們一半的人直接去見有門路販售炸彈的人物，剩下的美樂蒂等人則帶著受傷的黑衣女性前往紐約。

透過筆談，自稱名叫「夏涅」的那名女性似乎喪失了語言能力，不管問她什麼都幾乎保持沉默，不過當美樂蒂等人說要前往紐約時，她立刻就利用紙筆表示「請帶我一起去」，於是他們便讓她坐上車斗。

不僅從列車上掉下來，肩膀受傷，身上還帶著一把大刀子。這名女性明明十分可疑，不良少年們卻不以為意地接納了她。

「不過話說回來，雖然感覺發生了好多事，可是到頭來還是讓人一頭霧水耶。」

缺牙少年躺在車斗上，一臉不可思議地回顧這半天來所發生的事情。

「不管是那頭大熊、穿軍服的傢伙，還是誘拐犯大姊姊們，所有事情最後都不曉得是怎麼收尾的。」

「這也沒辦法呀，因為聽說警察可能會來，我們當然得趕緊離開，沒辦法繼續悠悠哉哉地待在那裡。」

在那之後，少年們從兩名黑衣男口中聽說警察正在前往這裡的路上，便急忙回收貨物，逃也似地離開森林了。

他們匆忙到甚至沒能好好向卡崔和誘拐犯們道別，自然也搞不清楚當時究竟發生了什麼事。

「啊啊～好在意、好在意。要是我有搭上誘拐犯大姊姊們的貨車就好了。這麼一來，我現在就能跟她們和樂融融地談天說地了。」

「你這傢伙……你在意的分明只有那幾個大姊姊。」

「你想對我妹妹出手對吧？」「不可原諒。」「打他！」「呀哈！」「呀哈！」

「事情怎麼會變成這樣？」

見到眾人的對話又變得和以往一樣，美樂蒂微笑著大大地伸了個懶腰，一邊對缺牙少年說：

「算了，沒關係啦，下次見面時再問就好了。」

「下次……可是我們又不曉得對方住哪裡，而且連我們自己也居無定所耶？」

「可是，我總覺得以後還會再和他們見面喔。因為我感覺……他們和我們是同一類人。只要繼續過著這樣的生活，總有一天會聽說彼此的名字啦。」

「是這樣嗎？」

東方人少女對狐疑的少年咧嘴一笑，以清亮的嗓音朗朗說道：

「既然我們和那些人都是在同一座沙漠中徘徊的旅人，那麼就一定會再見面的啦～因為無論再怎麼掙扎，只要出不了這座沙漠，綠洲的數量都是有限的……呀哈！」「呀哈！」

美樂蒂對著難得說出完整句子的恰妮嘻嘻發笑，一邊輕輕搖響手中的鈴鐺——

然後以她獨特的諷刺風格，補上一句：

「一切只是時間早晚的問題罷了。」

之後，他們將住進紐約某棟豪宅，逐漸被捲入與「不死者」有關的種種糾紛之中——

不過那又是另一個故事了。

⇔

立場截然不同，卻同樣持續徘徊的兔子們。
在各自的沙漠中找到，僅僅出現片刻的綠洲。
又或者和不良少年們一樣，時時與名為同伴的綠洲同行的人們。

無論是否出於他們自身所願，到頭來，所有人都將踏入新的沙漠。
卻渾然不覺那座沙漠彼此相連。

相信只要繼續往前走，前方至少會出現新的綠洲——
無論如何，他們的旅程將會持續下去。
無邊無際，永無止境地——

後記

大家好，我是成田。

首先，由於這一集比較特殊，所以請容我跟大家說明一下。

這一集和以前出版的《1932-Summer》一樣，是將《BACCANO！》的動畫DVD特典加筆修改而成的作品。

我想，可能會有人和以前一樣，想說「虧我花大把鈔票把DVD買齊了！」，如果讓各位產生這種想法，那真的是非常抱歉。

如同我在《1932-Summer》的後記中提到，依我個人的觀點，將《電擊文庫 MAGAZINE》上面連載的短篇，以及作為DVD特典所撰寫的小說出版成文庫本，就好比將在戲院上映並製作成DVD或BD販售的電影作品，在電視上播放一刀未剪又或者經過導演剪輯的不同版本，因此還希望各位能夠見諒。

至於說到為什麼在這個時間點出版成文庫本，我想有在閱讀正在進行中的《1935》的讀者應該知道——因為從那個系列的第三本《1935-C》開始，此書登場的某個角色將會以重要角色之姿出現。經過一番考量，我認為重新改寫本作收錄的故事，並將其以書本的形式呈現會比較自然。

可是，我寫這則故事也已經是約莫五年前的事情了。現在再重新回頭去看，總覺得有好多尷尬的地方，不過，除了加筆的「軼事」之外，其餘幾乎都和當初所寫的內容無異。

這本作品的風格和往常的《BACCANO！》不同，比較強調展現喜劇效果，倘若各位能夠從這悠哉慵懶的調性中獲得樂趣，那將是我最大的榮幸。

然後，也希望各位能夠繼續期待《1935》系列，看看處於那種悠哉氣氛下的角色們被扔進緊迫空間之後的發展會是如何！

總之，混雜了宣傳的說明就到此告一段落，接下來是取代後記的近況報告。

最近，因為年末年初暴飲暴食的壞習慣作祟，我的胃炎和胃食道逆流病情惡化，幸好在經過一番折騰後總算勉強開始好轉了。不過嘛，我這個人就是不信邪，老是覺得「應該好了吧？很好，為了確認好了沒有，今天就來大吃大喝看看吧。如果沒事就表示完全康復了！」，於是大吃一頓的結果，就是反覆因為暴飲暴食而引發胃炎和胃食道逆流。雖然我也覺得自己與其說不信邪，不如說根本就是個笨蛋，總之就現實面來看，我的肚子並沒有因此變大。

後記

我跟朋友說：「奇怪，我以前念書時，就算吃比現在多一倍的量，也一點事都沒有……」結果對方回我：「你怎麼會以為憑現在這副整天窩在家裡寫小說、年過三十的鬆垮身體，有辦法和天天單程通勤兩小時的學生時代吃得一樣多？」

老了。

年過三十這個詞，在我的腦中不停迴盪。

說起來，《BACCANO！》正好是我大學畢業時推出的出道之作。距今都已過了整整十年，也難怪我現在受傷的疤痕很難消失，爬樓梯也會氣喘吁吁了。呃，單純只是缺乏運動這個意見就先姑且擱在一邊。

……寫到這裡，我忽然想到一件事。

十周年。（註：本篇後記提及的時間皆為日文版出版當時2013年的狀況）

沒錯，在本書出版的一個月前……2月10日那一天，我出道整整十年了！

記得剛出道時，我每天都在想「十年後，我還能當一名專業作家，好好地靠寫作吃飯嗎？」

……結果十年後的現在——奇怪，我居然因為胃食道逆流沒辦法「好好地」吃飯？

雖然自己的夢想出乎意料地敗給了年華老去，又或者說是生活習慣，不過值得慶幸的是，我還能繼續當一名專業作家。

這一切都要感謝編輯部的各位，以及支持購買在下作品的各位讀者！

真的非常謝謝大家！

在我寫這則後記的當下雖然還沒有正式發表，不過其實我已經收到電擊文庫和其他地方的新作邀稿。當然，《1935》、《無頭騎士異聞錄 DuRaRaRa!!》和其他系列的後續也都在預定出版的行程之內，所以今後還請各位繼續多多指教！

未來我會更加努力，讓作家生活能夠持續二十年、三十年。

但願往後漫長的日子依舊有各位相伴！

※依照慣例，以下是感謝時間。

責任編輯和田與電擊文庫編輯部的各位，還有校閱同仁們。幫忙妝點本書的各位設計師，以及宣傳部、生產管理部、業務部的各位。

總是對我照顧有加的家人、朋友、作家和插畫家。

為我帶來創作這本小說的契機，《BACCANO！》的各位動畫公司人員。

以精美插圖，為我五年前寫的特典小說注入嶄新靈魂的エナミカツミ老師。

以及，閱讀本書到最後的各位讀者。

我要向以上各位致上最深的謝意——謝謝大家！

下一個十年也請各位多多指教！

２０１３年１月　成田良悟

記憶縫線YOUR FORMA 1 待續

Kadokawa Fantastic Novels

作者：菊石まれほ　插畫：野崎つばた

潛入腦內紀錄，解決重大案件，
稀世互補搭檔對抗危害世界的電子犯罪！

　　腦部用縫線〈YOUR FORMA〉進化為日常生活不可或缺的資訊終端機，記錄著視覺、聽覺，甚至情緒。電索官埃緹卡的工作便是潛入這些紀錄，搜索案件的蛛絲馬跡。她的新搭檔是人形機器人〈阿米客思〉，然而她因為過去的心靈創傷而嫌棄阿米客思——

NT$220/HK$73

國家圖書館出版品預行編目資料

BACCANO!大騷動!. 20, 1931-Winter the time of the oasis/成田良悟作；曹茹蘋譯. -- 初版. -- 臺北市：臺灣角川股份有限公司, 2022.06

面；　公分. -- (Kadokawa fantastic novels)

譯自：バッカーノ！：1931-Winter the time of the oasis

ISBN 978-626-321-547-4(平裝)

861.57　　111005692

Kadokawa Fantastic Novels

BACCANO！大騷動！

1931-Winter the time of the oasis

（原著名：バッカーノ！1931-Winter the time of the oasis）

2022年6月20日　初版第1刷發行

作者：成田良悟
插畫：エナミカツミ
譯者：曹茹蘋

發行人：岩崎剛人
總編輯：蔡佩芬
副主編：林秀儒
美術設計：黃永漢
印務：李明修（主任）、張加恩（主任）、張凱棋

發行所：台灣角川股份有限公司
地址：104台北市中山區松江路223號3樓
電話：（02）2515-3000
傳真：（02）2515-0033
網址：www.kadokawa.com.tw
劃撥帳戶：台灣角川股份有限公司
劃撥帳號：19487412
法律顧問：有澤法律事務所
製版：尚騰印刷事業有限公司
ISBN：978-626-321-547-4

BAKKANO! 1931-Winter the time of the oasis

Edited by 電撃文庫
First published in Japan in 2013 by KADOKAWA CORPORATION, Tokyo.
Complex Chinese translation rights arranged with KADOKAWA CORPORATION, Tokyo.